U0618637

The Outermost House

遥远的小屋

在科德角独居一年的生活

〔美〕亨利·贝斯顿 著

刘勇军 译

南海出版公司

目 录 CONTENTS

导　读

　　冰川在科德角外滩处形成了一片巨大的峭壁，从开阔的大西洋中升起，将大海与科德角湾分割开来，在历经沧桑后它依然蔚为壮观。它那多彩的泥沙一点点地随风移动着，或是突然成片地撒落，填充在下方的海滩上。

　　夏季，这片沙滩宽广开阔，坡度很缓；但在冬季则会变得又短又陡，其弧线会往北延伸二十来英里，漫步沙滩时，最多只能看到前方两三英里长的弧形风景。大海日复一日地冲击沙滩，不断地改造着这片海岸的面貌。在风平浪静时，大海会踩着轻柔而有韵律的步伐而来；而在东北风肆虐的日子里，大海会带着毁天灭地的愤怒席卷而来。按照亨利·贝斯顿的说法，这儿就是"大海……与岿然屹立在两个世界之间的最后一道堡垒相交"的地方，拥有世界上独一无二的风景。

这片海岸已成为激发美国自然文学创作灵感的沃土。在威廉·布雷德福创作的《普利茅斯开发史》中，就描述了一六二〇年秋，英国的清教徒移民在历经艰辛、横渡大西洋后，这片海滩以"荒凉野蛮的色调"迎接他们，而这一写作主题也唤起了人们对北美海岸的最初记忆。

几个世纪以来，有相当数量的散文家、诗人和小说家将这片能让人浮想联翩的风景当成写作素材。在这片大陆上，很少有和它大小相同的土地被这般深入细致地写进文学作品中。或许这在一定程度上是因为在这个海洋与陆地的交界处——科德角那片带着人文主义色彩的柔和沙滩和变化莫测、无边无际的大海在此相会——我们得以见到心驰神往的美景，也为我们弘扬个性、表达情感提供了原始材料。

一九二四年夏，三十六岁的亨利·贝斯顿·希恩第一次踏上了海岸警卫队海滩（当时叫作伊斯特姆海滩）。尽管那时他已经出版了五本书（包括他在第一次世界大战中当志愿者的经历写成的书，以及两本童话故事书），但他仍旧藉藉无名，仍然在寻找适合自己的写作题材和写作风格。战争结束后，他在里昂大学教了一年书，然后周游法国，沉浸在自己热爱的法国文化里。但是，同另外一位移居国外的美国作家威廉·福克纳一样，他必须回到故乡或者在故乡附近去寻找到自己作为作家的真实个性。

尽管贝斯顿于一八八八年出生在马萨诸塞州的昆西，那里也是曾出任美国总统的亚当斯父子的出生地，毕业于哈佛大学的贝斯顿也不能算是美国的新英格兰人。他的父亲具有爱尔兰血统，是一位功成名就的内科医生。他的母亲是法国的天主教教徒。因此他从小就会说两种语言，曾声称用法语思考时就跟用英语思考一样易如反掌。这种双语模式也让他跟康拉德[1]一样，在协调文字的节奏和韵律上显得游刃有余。

随着写作生涯的进一步发展，贝斯顿法语方面的个性也体现得越发明显。他创作的第一本书《法国志愿兵》（A Volunteer Poilu）是以他的教名贝斯顿·希恩出版的，但后来他选择以贝斯顿作为他的专属笔名，这是沿用了他祖母的姓氏。他一向穿着讲究。大约在一九二七年，他在外海滩上拍了一张照片。照片上身材高大的英俊男子有着法国人的典型特征，留着修剪得整整齐齐的小胡子，戴着一顶法国贝雷帽，穿着深色的双排扣套装，衣服上还别着一块白手帕。梭罗[2]去瓦尔登湖时

---

1 约瑟夫·康拉德，出生于英国的小说家，最擅长写海洋冒险小说，有"海洋小说大师"之称。（如无特别说明，本书译注均为译者注）
2 亨利·戴维·梭罗，美国作家、哲学家，超验主义代表人物，也是一位废奴主义及自然主义者，有无政府主义倾向。

身边带着一支笛子；贝斯顿则带着六角形手风琴走上了海滩。

七十五年前梭罗那场著名的科德角之行，就具有典型的新英格兰人的使命感："想要仔细看看大海的面貌，因为我们都知道，海洋占地球总面积的三分之二……"不过，在贝斯顿慢慢理解了这片土地的魅力后，他渐渐地被它吸引住了。一九二五年，他在伊斯特姆海岸救生站以南两英里处的沿岸沙滩上买下了约五十英亩的沙丘地。他为自己设计、建造了一间只有两个房间的小屋子，并将其命名为"水手舱"。那间屋子虽然小但也算不上特别简陋。他原本只打算把它当成度假时的休养地，"从未想过在那间屋子里常住"。

在次年九月，他到那儿住了两个礼拜，不过"我在那里待了两个礼拜。但是，两个礼拜结束后，我流连忘返。时值秋季，这片土地以及外海的美和神秘让我如痴如醉，不舍离去"。但他似乎意识到自己最终有可能在这儿找到作为一名作家的表达方式，于是便留下来了。一九二六年十二月，他用法语在日记中记下他的写作主题和意义。

　　大自然——就是我的家。

　　这部作品——颂扬大自然的美，揭开这个世界的神秘面纱。

我的名字将与这种情感交织在一起。

　　尽管他觉得自己是以一名自然主义作家的身份写下了这一题词（他过去常常用这个词语来形容自己），贝斯顿似乎不太想将自己这一年在海滩上生活的经历写成一本书。幸好他的未婚妻伊丽莎白·科茨沃思也是位作家，她坚信亨利才华出众，并且相信他的抱负一定会得以实现。一九二七年秋，他带着几本写满了原始资料的笔记本离开了海滩，不过里面没有任何可以出版的文稿。当他和伊丽莎白商量婚期时，她答道："先出书再结婚。"《遥远的小屋》出版于一九二八年秋，他们在次年六月完婚。

　　《遥远的小屋》刚出版时销量一般，不过读者在不断地增加。到一九四九年为止，此书被印刷了十一次。一九五三年，又以《世界尽头的房屋》为名出版了法文版。随着第二次世界大战后环境文学的出现，此书开始被世人推崇。雷切尔·卡逊[1]曾声称这是唯一一本能影响她创作的书。一九六○年，《遥远的小屋》因推动了科德角国家海滨的出现，受到联邦政

1　雷切尔·卡逊，美国海洋生物学家，她认为人类仅仅是自然的一部分，她的所有作品都充满了激情的人文思想，其中《寂静的春天》引发美国以至于全世界的环境保护事业。她对公众和政府加强对环境的关注和爱护的呼吁，最终促进了美国国家环境保护局的建立和"世界地球日"的设立。

府官员的嘉奖。现在它被普遍认为是美国自然文学中的经典作品，后人也在不断地发现它的新魅力。

尽管贝斯顿写此书时已人到中年，但《遥远的小屋》却是十分适合年轻人的书，它热情而放纵，充满了探索世界、探索自我的元素。自《瓦尔登湖》出版后，美国读者便一直对远离人烟的传奇生活和在荒野隐居的探索者情有独钟。梭罗走进康科德的树林里，他说："为了悠闲的生活，为了直面生活的本质……为了深刻地活着，汲取生命中所有的精华。"

贝斯顿在解释他为什么决定留在海滩上时，也曾提到过对"本质"的追求，对生动、有触觉体验生活的追求。

> 眼下，这个世界正因为缺少自然元素，才显得那样地苍白，手边没有火，地下没有甘甜的井水，没有新鲜的空气，脚下也没有可爱的泥土……我待的时间越长，就越是迫切地想了解这里的海岸，分享它那神秘、自然的生活。

然而，与这种热情洋溢、朝气蓬勃的浪漫主义情怀相连的却是一种成熟稳重的个性，是一种已经探索过世界并知道其真实所在的个性。和梭罗对"大众"所采取的有几分刚烈的强硬态度相比，贝斯顿的态度则算得上温和友善。他也许会谴责我们"将文明和权力交织在一起，以力量来诠释整个世界"。但他对读者很包容，属于典型的惠特曼风格[1]，他会将自己的感受告诉我们，邀我们一起四处游荡，探索世界。

尽管他的作品备受推崇，且经常被引用于环境保护运动，但我们不能把贝斯顿当成类似奥尔多·利奥波德[2]或雷切尔·卡逊那样的生态思想家鼻祖。他们是受过训练的科学家，而他甚至不能算是一位专业的野外博物学家。比起精准无误的科学研究，他更喜欢那种诗情画意的感觉（他虽然近视却很少戴眼镜。如他所说："当我不戴眼镜时，一切似乎都变得更美了，如同锦缎一般。"）。事实上，他的很多观察和描述似乎更像是源自想象而不是自然。不然他又怎么能描绘出新年那天翻石鹬那漂亮的繁殖羽[3]呢？

但比起博物学家而言，贝斯顿更觉得自己是一名作家。《遥远的小屋》正是因为其丰富的想象力才让我们去探寻它经

1　沃尔特·惠特曼，美国著名诗人、人文主义者。他创造了诗歌的自由体。在风格上，他摒弃了古板的格律，用自由体的形式抒发自由的思想。

2　奥尔多·利奥波德，美国科学家和环境保护主义者，被称为美国新保护活动的"先知""美国新环境理论的创始人"，被公认为野生动物管理研究的创始者。他提出了生态整体主义的核心准则，这一准则的提出标志人类开始从生态整体的宏观视野来思考问题了，这也是利奥波德对生态文明构建的最大贡献，他也因此成为生态整体主义真正的奠基人。

3　繁殖羽，许多鸟类在繁殖期间的羽毛颜色鲜艳，过了繁殖期它们就会换羽，颜色大多会变得更暗淡。

久不衰的秘密。和前人以及后来者一样，他明白我们的灵魂深处一直渴望得到大自然的回应。作为一名作家，他的成功之处在于，他用活力四射、颇具直观性的戏剧感表达出自己对宇宙的理解，使人们将精神需求与大自然融为一体。

作为一名文体家，贝斯顿是一位极其勤恳的匠人。他的妻子曾告诉我们："有时，他会用整个上午来琢磨一个句子，直到他对这个句子的措辞和韵律都非常满意为止，他觉得这两样都很重要。"所以他才能妙笔生花，其作品总是充满韵律之美。他的词句都经过反复推敲，富有寓意和节奏感，读起来朗朗上口。虽然贝斯顿身上有着法国人的矫揉造作，但他沿袭了英王詹姆斯一世时期散文大师的写作风格：如约翰·多恩和托马斯·布朗，以及撰写钦定版圣经的那些作家。他经常会试着将头韵、拟声韵、词间韵和抒情诗中的其他艺术手法结合在一起。比如，他在描述沙丘上的草叶被风刮动时所传递的奔涌感。

夏季刮起西南风时，这些杂乱无章、却也生机勃勃的青草会像麦浪一样随风舞动，可如今它们都变成了稀稀拉拉的枯草，每株枯草都像拳头一样握着一团发霉的白须。

为了将在海滩上发现的原始世界表述出来，他会毫不迟疑地用一些极其抽象的短语，描绘出激动人心的词句，例如，在描写海鸟产生迁徙的冲动时："还有未知的远方，这些全都体现在了这具叱咤天空、充满活力的躯体内。"不过，很少有作者能像他一样将感官体验描述得这么准确，不管是在夜里踩到一条被冲上岸的鳗鱼（突然有个庞然大物在我光着的脚丫下蠕动，吓我一跳），又或者仅是观察到了秋日暮色中的光亮（天空中宁静的光束和色彩犹如大地上的秋色一样漂亮）。当你阅读其中一些章节，其实就是在探索作者个人意识的本质。"巨浪"是他在试着分析那悦耳的海浪声；"大海滩的夜晚"是对触感的重新认识；"一年中的高潮"是在歌颂嗅觉，贝斯顿曾说，英国人仍然将鼻子当成"一种粗野的器官"。

　　总之，他在描述时往往很注重动觉，将观察到的和感觉到的紧紧地结合在一起，这也反映出了他的信念——想要充分了解大自然，观察者需要运用其健全的感官，全身心地去观察、去体验。换句话说，他的写作风格反映出了他的信念："诗歌和科学一样都需要领悟力。"

　　不过，《遥远的小屋》中的语言并非是为该作品本身而存在，而是服务于更深层次的，或许也是其最优秀的品质：对自然戏剧的非凡感受。很少有书籍在开篇时就能给人这种期待的感觉。开头几段便令人过目难忘，那跌宕起伏的长句和韵律十足的节奏，瞬间便营造出一种时光荏苒、沧海桑田的感觉。这一技巧刻意地给人带来了电影感。贝斯顿将主题当成一架空中摄影机，从远距离的时空慢慢聚焦到他那一小片海滩上。我们从一开始便感觉像是被卷入一部史诗巨作中，各类人物演绎着英雄的英勇事迹，一个比生活更奔放自由的故事：

> 岁月变迁，大海不断地冲击着这片土地，无论岁月如何改变，这片土地也会尽其所能，想方设法地捍卫自己，令其上面的植物悄无声息地沿海滩滋长，草和根织成的网护住前沿的沙砾，抵御风暴的侵袭。

他曾宣称："我迎来了一段广阔而明亮的岁月。"我们也随他走进了一个即使是在普通的日子里，也充满了各种奇遇和戏剧性时刻的世界。在二十世纪二十年代，这片外海滩依然危险重重，发生过多起灾难事件。沉船和死人十分常见。一位年轻的海岸警卫队队员在夜间巡逻时，可能会被沙滩上他那溺水而亡的父亲的尸体绊倒。贝斯顿暂住在那儿时也遇到过真正的险境，他经历过一场猛烈的冬季风暴，他的小屋子差点儿被汹涌的海浪吞没，暴风过后，他跟一位朋友坦言："有那么一两次，我的小命差点不保。"

尽管书中出现了这种"可怕的自然灾害"，但在这样一部更宏大、更客观的戏剧中，人类的戏份相较而言只占很小的一部分。在这个世界里，勇气、胆量、美丽、神秘和苦难都戴着一张非人类的面具。一种神秘的精神联系让水鸟成群地在空中盘旋；黑脉金斑蝶在迁徙途中所展现出来的堪称莽撞的冒险精神，让贝斯顿既钦佩又好奇；被困在冰冷湿地上的小雌鹿，靠着"顽强的求生欲"熬过了那个漫长的冬夜；从沙丘断面飞出来的鸽鹰"身子下抓着一只可怜的雪鹀"。

不过，即使是这种跟人类无关的戏码也蕴含着丰富的内涵。像是躁动不安的大海和变化多端的大地给予了沙滩旺盛的活力。甚至是最不起眼的物体都拥有瞬间获得生命的力量，变为意志的化身，因有了价值而变得活力四射。沙滩上那些静止不动的植被"由沙丘的边缘蔓延到光溜溜的山坡"。将沙子比作有生命的"风魔"，"旋转的沙粒中冒出一道褐色的光柱，发出炙热的光，闪烁着变化万端的光泽"。作者看到"前面有一个小黑点，正随着巨浪向海滩前进"，后来发现"是一片秋叶,一片被海水浸透的红枫叶"。在浓雾中进行夜间巡逻的海岸警卫队队员被"一个又大又黑的家伙"吓傻了,那家伙被绑着,一边呻吟一边朝他狂奔,结果发现那是一只巨大的空木桶,每当风灌进缝隙时便会发出呼啸声。

贝斯顿在这片风景中注入了非常强烈的有生命的和无生命的戏码,所以,当他声称自己从来都不曾觉得无聊,因为"在这儿总会有事可做"时,我们从未怀疑过他这话。在此书的其中一个精彩片段中,他描述了在那场格外猛烈的冬季风暴中,一艘在沙丘中掩埋了上百年的黑色沉船的残骸是怎样"浮起身子……这艘幽灵船离开了自己的坟墓,再次将自己的那把老骨头交给肆虐的狂风"。这是一件非常玄妙的事情,但在这个生死不断交替的世界里,我们并不会对此感到惊讶。

像这般生动的场景在贝斯顿这本关于海滩的书中随处可见,不过它们很少以一个完整的场景出现在我们面前,它们更像是一个个意趣盎然、节奏感强的故事片段。零散的小事件呈现出鲜明却短暂的个性和意义。"转瞬即逝"是书中最常见的形容词之一,海滩成为一个不断变化、永不休止,但又始终充满意义的地方,"虚幻和真实奇特地交织在一起"。对于贝斯顿来说,大自然是人类之美的本源,它无形无状,为我们提供了人本意义的理念和象征。

同许多在他身前、身后的杰出自然文学家一样，贝斯顿的这本书在结构上运用了回归年[1]的象征手法，在写作风格上采用的大都是形象化的描述，其影响力源自作者将自己在沙滩上生活一年后得出的中心思想视为某个原始仪式的庆典现场。他说："自然生活并不是一幕如同仪式般的精彩演出。"他后来又说："在室外的大自然度过这一年，便就像是完成了一场盛大的仪式。"他特意反复地用非常正式的语言，将沙滩上的自然现象比作盛会上某个正在圣地中穿行的象征性人物。

　　　　狂风卷起沙砾。这海浪就是用来献祭的庄严牺
　　牲者，迈着沉重、悲怆的步伐，发出低沉、骇人的
　　怒吼，一浪接着一浪地翻滚而来。

　　贝斯顿的观念看起来任性而放纵，但分开来看便会发现这只是在写作风格上的大胆尝试，即使是最微不足道的事件和生物体，也都在经过精挑细选后才被放进这场宇宙典礼中。一群小海鸟瞬时成了"一幅美如画卷的星图，变成了栩栩如生、转瞬即逝的昴宿星团"。被冲上海滩的浮游生物在夜里会发出

1　回归年，平太阳连续两次通过春分点的时间间隔，即太阳中心自西向东沿黄道从春分点到春分点所经历的时间，又称为太阳年。

光芒，这时再漫步其中的话，就如他所言："我走在一片星辰中。"即便是沙丘上的昆虫在冬季不见了踪影，他也会因此有感而发，领悟到原来即使是最细微或是深藏在地底下的生物都和包罗万象的太阳周期联系在一起：

> 但你还是能感觉得到它们的存在。数不胜数的雌性昆虫虔诚地吐丝作茧，产下了成千上万枚小虫卵，再将它们妥善地隐藏在草丛、湿地和沙滩上，只待来年春暖花开。

这一仪式的关键在于太阳的形象，所以《遥远的小屋》在本质上是一本对太阳崇拜的书。它不只是生动地记录下了一场不断变化的自然戏剧，更是一种对太阳年的祭献仪式，是一场描绘和歌颂其进程的典礼，是一个再次将人类的感知和它那和谐的时间之轮联系在一起的奉献仪式。

"太阳的'冒险之旅'，"贝斯顿说，"就像一场在大自然中上演的戏剧，也是我们赖以生存的根本。"纵览全书，太阳以主演和场景切换者的身份反复出现在这场戏剧中："太阳正在从这一年的圣坛上落下，仪式性地停在夏季的门槛上""阳光在流溢，岁月在燃烧""在秋日那几周里，我会看着那团大光球沿着沼泽那边的荒原的地平线向南移动""唯有那轮光芒万丈的太阳如车轮般转动着"。

对于当代的读者而言，把我们赖以生存的太阳年当成一种象征或许会有些古怪。作为个体，我们已经很久没有直接参与到季节变化的这一模式和特性中了。与外部世界隔绝、身处空调房中、喷气式飞机的出现，我们开始相信人类在很大程度上不用再依赖地球的基本规律。即便我们将太阳年看作一种象征，那也只是存在于伤感的歌词或贺卡的诗文中，而不是作为一个我们正置身其中的重要庆典。

作为一名自然文学作家，贝斯顿的独特优势在于他能通过情感和想象，再次将我们和人类最基本的自然本源联系在一起，将我们和一个被他称为"我们奇妙的人类文明"的世界联系在一起，那个世界更宏大、更持久。

我相信，《遥远的小屋》的价值和韵味就在于它能提醒我们，即使在这个计算机时代，我们依然深深地依赖于地球那永恒不变的规律，依赖于它的完整和平等。即使在我们损坏了地球的基本系统时，我们仍要继续依赖于它为我们提供的安全稳定的环境。它给予了我们能进行那些大胆开拓、恣意进取的自由。但就算我们痴迷于此，我们所渴望的自由跟孩童渴望的没什么两样——都需要在安全界限之内。我们要明白，不管走多远，无论我们绕着地球跑一圈的速度有多快，地球都会在我们滑倒跌落的地方接住我们，将我们从死亡的边缘拉回来。岁月循环周期来源于"对太阳的崇拜"，它不仅仅是为了人类的快乐与舒适而存在，我们是为了便利地享有它的权利才注意到它，但它标志着宇宙依然完整，我们仍旧存在于一个比我们那短暂的热情要更宏大、更可靠的世界中。正因为如此，我们要知道昆虫会冬眠，海龟和候鸟迁徙后还会再回来，潮起会潮落，冰雪会融化，太阳的直射点会在南北回归线中移动，万物会复苏。

这便是原因，尽管科学在过去的这个世纪中为我们带来许多关于客观存在、新鲜刺激的隐喻——如进化论、自私基因论、宇宙大爆炸学说、测不准原理、深层时间论，等等，可让我们一次又一次地回归其中的正是贝斯顿所说的"燃烧的岁月"，它保留着自然文学创作的基本形态，对于我们生活状况和生活进程而言，它是基本影像的永恒之源。它不仅在生物学上是我们赖以生存的根本，它也是人类的意义本身，是我们的语言和解释自我的原始材料。如贝斯顿所做出的结论一样，人生本身就是一场仪式：

尊严、美丽、诗意，这些古老的价值观支撑着
人类的生活，它们全部都来源于自然，产生于自然

世界的神秘和美好之中。

在本书倒数第二章的结尾处，出现了一个引人注目的裸泳者形象。那段描述非常优美，精彩动人，和惠特曼式风格相比也不遑多让，绝无窥淫之嫌。简简单单的描述，却是理想主义与现实主义的完美结合，它意识到了"……人体的奥秘：当它保持美好之时，任何事物都无法与其丰盈且韵味十足的美相比；当身体日渐衰败，韶华不再之时，它又会陷入何等悲戚的丑陋之中"。

书中的其他地方也出现过这个段落中提到的"二元论"，也赋予了此书独特的力量。因为在贝斯顿看来，科德角的这片大海滩，乃至于整个自然界，都是一个不断变化、对立面互补的地方：虚幻与现实、美丽和恐怖、巧合与必然、人类和"非人类"。那位裸泳者带来的形象是"那副健美的身躯在这一刻脱离了世俗的束缚，在自然的景色里尽情施展自己的人性"。贝斯顿在顷刻之间便调解了个人需求和社会需求之间的矛盾，也将自己的典型形象永远地定格在这片沙滩上。然而，如同荒野中的所有旅居者一样，为了将自己的发现告诉我们，他不得不离开那个激发他想象力的地方。

在"遥远的小屋"度过的那一年最终结束在一个夏末，也就是贝斯顿所说的结束于"一年中的高潮"中。结果证明，这本书恰是他写作生涯里的"高潮"。婚后不久他便搬到了位于缅因州诺布尔巴罗的奇姆内农场，他的余生便是在那儿度过的，其间很少再回到科德角。他后来又创作了九本有关自然的书籍，其中包括《草药与大地》（1935年）、《圣劳伦斯河》（1942年），以及《北方农场》（1948年），书中记载了他作为一名谦谦君子般农场主的生活。这些书里也有一些精彩片段（比如《草药与大地》的开头部分）。但他再也无法写出如《遥远的小屋》那般经久不衰的作品——主题和写作风格完美切合，融会贯通的写作素材，振奋人心的释放感和鲜明奔放的个性。自他为一九四九年版的《遥远的小屋》作序后——那篇序言已经成了此书必不可少的部分，在他生命的最后二十年里他很少再有著述。

不过，贝斯顿和他所作的《遥远的小屋》收获了不少荣誉。他先后两次被授予荣誉博士学位，美国人文与科学院因他在文学上做出的杰出贡献，给他颁发了一枚奖章（在他之前，只有罗伯特·弗罗斯特[1]和托马斯·斯特尔那斯·艾略

1　罗伯特·弗罗斯特，20 世纪最受欢迎的美国诗人之一，他的诗歌从农村生活中汲取题材，与 19 世纪的诗人有很多共同之处。其代表作有《林间空地》《未曾选择的路》《雪夜林边小驻》等。

特[1]曾获此殊荣）。一九六四年秋，他最后一次回到海岸警卫队海滩，为他那间成为"国家文物建筑"的沙滩小屋题词。他在一九六〇年捐献给马萨诸塞州奥杜邦协会[2]的水手舱，在海滩受到海水侵蚀的情况下被迫后移，几年后又再次被后移，它也因此成为唯一一处移动过位置的文物建筑。

亨利·贝斯顿于一九六八年逝世。在一九七八年以前，那间小屋每年夏天都会被出租给奥杜邦协会的会员。那年二月发生了一场大规模的冬季风暴，堪比贝斯顿在"仲冬"一章里所描绘的那场风暴，水手舱连同其地基都被刮进了大海。而复原工作只是设立了一块铜牌标明那间小屋是一座文物建筑，讽刺的是，那儿还建了个户外厕所。风暴过后的第二天，我接到了一位朋友的电话，他问："你听说那间遥远的小屋消失了吗？"从某种角度上来说，以这种通常用来描绘人类自由的思想、灵魂和本性的词语，来形容它的灭亡似乎再合适不过了。

罗伯特·芬奇

1　托马斯·斯特尔那斯·艾略特，通称 T·S·艾略特，英国诗人、剧作家和文学批评家，诗歌现代派运动领袖。出生于美国密苏里州的圣路易斯，代表作有《荒原》《四个四重奏》等。
2　奥杜邦协会，成立于 1905，是以鸟类学家奥杜邦的名字命名的美国鸟类保护民间组织，主要从事鸟类保护和爱鸟教育等活动。

一九四九年版作者序

随着这一版《遥远的小屋》的问世，此书迎来了自己二十岁的生日，这也是它第十一次发行。书的内容没有发生任何变化，犹记得当年执笔落字时的情景：我坐在厨房的长桌边上，眺望着北大西洋和那片连绵的沙丘，从沙滩上反射过来的金色阳光和响亮的海浪声溢满了这个小小的房间，将自身和一个在表现形式上要远远高于人类暴力行为的世界联系在一起，这便是自然学家所拥有的"特权"。

无论人类世界里正在发生什么，冉冉升起的旭日不会因此而变得暗淡，轻轻吹拂的微风不会因此而停歇下来，踩着节拍涌向陆地的海浪也不会因此停下脚步。在科德角的外海滩上，沙丘依旧耸立在沙墙上，看上去似乎没什么不同，但那些还记得过去的人就会知道，它的模样在海风和海浪的作用下发生了些许的变化。

大海待那座小房子十分友善，但碍于飓风的威慑，所以不得不换一个更坚固的地基，同时还得建造一个新烟囱，其余一切都是之前的样子。至于海岸警卫站，那儿增加了一些新活动，也多了一些新面孔，到访者会发现他们恰好就是书中曾提及的人物的子孙。然而，沙丘世界却并不在意这些变化。在那片明亮开阔的洼地里，在永不停歇的风沙和大海的潮汐之间，映入眼中的依然是一个未被人类侵扰过的世界，是一个瞬息万变的永恒之所，是为这个燃烧岁月所举办的盛大典礼。

当我再次读到这些篇章时，只觉得此书正是我最初为它命名的那样："在科德角的海滩一年的生活经历。"鸟类的迁徙，冬日从东边海面升起的群星，黑夜和风暴，一月里某个孤寂的一天，仲夏时沙丘上闪闪发光的草叶，即使在今天，依旧能在封面上找到这一切。

不过，随着岁月的变迁，我的注意力被字里行间一些其他的东西吸引住了。也就是"自然"（我在此所指的是整个宇宙）与人类精神在感知和思想上的联系。我会再次将核心写下来，我也将一如既往地相信这一核心。

自然是我们人性的一部分，要是没能察觉到或者体验过这种天赐的神秘，人类将不再是人类。当昴宿星团和在草地上吹拂的微风不再是人类精神的一部分、不再是人类骨肉之躯的一部分，人类就会返回原始状态，变成宇宙中的被放逐者，既不像动物那么完整，又不能拥有真正人类所与生俱来的权利。就如我曾在其他地方说过："当一个人不是一个完整的人类，或者过于完整时，他都只是个怪物，只不过后者更为可怕。"

我想借此机会对赖恩哈特公司的朋友们表示最衷心的感

谢，承蒙他们的厚爱，才得以迎来这一新版本。同时也借此机会再次由衷地感谢达特茅斯学院的赫伯特·福克纳·韦斯特教授，对于描写美国自然的作者而言，他是一位忠实可靠、眼光敏锐的朋友。

亨利·贝斯顿

一九四九年一月

大西洋

普罗温斯
海兰灯塔
普利茅斯
科德角湾
伊斯特姆
遥远的小屋
瑙塞特潟湖
伯恩达尔
奥尔良
水道
伯恩
丹尼斯
东桑维奇
雅茅斯
欢乐湾
巴恩斯
哈威奇
查姆
马什皮
海恩尼斯
瓦阔伊特
海洋
法尔茅斯
楠塔基特海峡

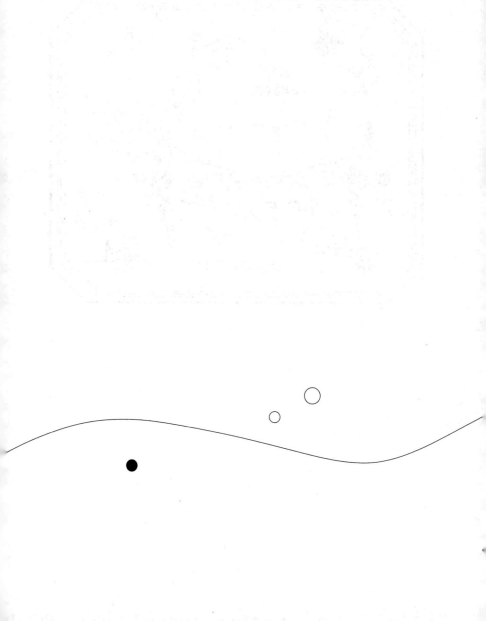

第一章

海滩

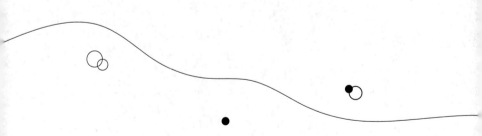

一

　　浩瀚的大西洋中曾有一片古老的土地，如今已经消失，那里位于北美海岸线的东部和前沿，距马萨诸塞州内海岸三十来英里，现今只剩下了最后一块残留之地。

　　这片由泥土和黏土构成的巨大峭壁现已被海水侵蚀严重，向海面延伸了二十英里，直面波涛汹涌的大海。峭壁陂陀起伏，其边缘有时距离海浪有一百英尺，有时距离海浪足有一百五十英尺。尽管受到碎浪的冲击，成日风吹雨淋，仍然屹立不倒。层岩由泥土、碎石、沙粒混合而成，色彩各异，有的地方是古老的象牙色，有的地方是炭泥色，而有的地方的象牙色风化成了暗色和浓郁的红褐色。黄昏，峭壁的边缘面对绚丽夺目的西方，岩壁成了一团阴影，没入片刻不得平息的大海。黎明，从海面升起的太阳给它镀上了一层光泽，给人一种宁静的感觉，这幕光亮时强时弱，于白昼中遁于无形。

峭壁脚下，辽阔的海滩纵贯南北，连绵不断。孤寂、粗犷、纯洁无瑕，无关尘世。这片只被外海造访、拥有的海滩或许是某个世界的终点或开端。岁月变迁，大海不断地冲击着这片土地，可是无论岁月如何改变，这片土地都会尽其所能，想方设法地捍卫自己，令其上面的植物悄无声息地沿海滩滋长，草和根织成的网护住前沿的沙砾，抵御风暴的侵袭。如今被完全忽视，乃至受到伤害的大自然的节律，在这里可以尽情展示其广阔的天地，释放远古的自由，云和影、风和浪日夜更替。旅途中的鸟在此停歇，又悄无声息地飞走，成群的鱼儿在海浪下游来游去，海水在阳光下溅起朵朵浪花。

尽管常有人传说这块壁垒是冰河时期的造物，然而现在这片古老的土地却以崭新的面貌示人。早在冰川汇集，远古大地上雾起雾散之际，大海就侵蚀了这片古老地方的边界。北部似乎有一片海岸平原，边缘已经坍塌，岁月和自然灾难改变了其高度和形状，海水经年累月地流向内陆。那片平原残留的边界同逐渐被侵蚀的崖壁边缘十分吻合。

后来，冰川侵蚀了古老的海滩和平原的不完整部分，断断续续地往海面延伸，卵石、沙粒、石块在岩床上堆积。最后，温暖的大海和时光终于占据了上风，冰崖在浓雾中向西退去，才有了新的地貌。如今，海浪不断冲刷着这片面目一新、杳无人烟的地方。

如果尽可能用通俗的语言描述，这便是科德角的地质史。半岛往东西延伸的"双臂"即是葬身于海底的那片古老的平原，"前臂"是一段海岸被冰川侵蚀的地方。这个半岛往海面延伸的部分，比美国大西洋沿岸的任何部分都远，也是外海岸最远的部分。海浪发出雷鸣般的声响，撞击着崖壁，与肃然屹立在两个世界之间的最后一道堡垒相交。

二

我描述的悬崖以及与其相交的海滩正对大西洋，位于科德角的"前臂"之上。如今，这块延伸的地方不过是一道长约二十五英里，宽度仅为三到四英里的巨大"堤坝"。这道"堤坝"在普罗温斯敦[1]的海面升起，海洋形成的沙丘和沙漠平原正是始于那里。沙地蜿蜒进入内陆，如同一只在手腕处弯曲的手，转向普利茅斯。普罗温斯敦湾则位于手掌和手指的弯曲部

---

1 普罗温斯敦，美国马萨诸塞州的避暑胜地。

分。如若"前臂"的比喻恰到好处，位于科德角"手腕"部位的特鲁罗——这片弯曲的沙地正好通过一条纵贯南北的弧线由东向西而下。悬崖在此处突然升至最高点。正南偏东，经高地灯塔、伊斯特姆和瑙塞特海岸警卫站的这段壁垒面朝大海，远远望去，轮廓线时而如连绵起伏的波浪，时而如战时的雉堞。其中的洼地和山岗带着上游乡村荒野之地的特色。悬崖在瑙塞特终止，大海也在那里侵入了一片狭窄的地方，带你进入一片沙丘的王国。

悬崖在此结束，海滩上形成了一道由海沙组成的墙，延绵五英里后，这道墙在一处海峡终止，在海峡的入口处，每日涌进的潮水汇入沙丘后面的一个水湾或潟湖中，海峡入口由层层的潮汐岛环绕，蜿蜒的水流分布其中。这就是伊斯特姆和奥尔良之间的小海湾。有时，惊天巨浪会将这些海岛淹没，形成一大片海湾。海峡和湿地往西，可见科德角的高地，这里仅两英里宽。这里是伊斯特姆一处空旷的沼泽，地势起伏。西边则是科德角的海湾。一支强悍的印第安人部落瑙塞特族就曾居住在海域之间的这片地方。

外海最远处的悬崖、荒无人烟的沙丘、海洋中的平原，明亮的世界尽头，草地、沼泽、古老的湿地：这便是伊斯特姆，这便是位于外海的科德角。日月从这里升起，海天一色，浩瀚无垠，云儿时而飘荡在海面，时而飘浮在大地上。这么多年来，我一直眷恋着这片熟悉的地方，如今终于得闲拜访这里。于是，我在海滩上给自己建造了一间小屋。

　　我的小屋坐落在一个沙丘上，在离伊斯特姆沙洲南边中线稍近一点儿的地方。房子的设计图由我亲自操刀，最后由我的邻居和他的木工帮我建造完成。动工之际，我从未想过在那间屋子里常住，只是想在夏天过来避暑，或是让它成为一个舒适的小窝，冬天也可以小住几日。我管它叫"水手舱"，共两个房间：一间卧室，一间厨房兼客厅，总面积不过二十英尺长，十六英尺宽。一个砖砌的壁炉建在连接两室的那面墙上，可为较大的空间供暖，驱走卧室里的寒气。我用一个双灯头煤油炉做饭。

　　我的邻居是个盖房子的好手。小屋跟我期待的一样，建得紧凑坚实，易于打理，方便供暖，大房间里装有壁板，我将壁板和窗框粉刷成了浅黄褐色，这可是典型的水手舱的颜色。房子或许还显示了主人对窗户的偏好。我设计了十个窗户，光是那间大房子就有七个，东面的一对窗户面朝大海。西面有两扇窗户正对湿地，南面有一对窗户，另外门上还有一个"窗眼"。那个有七扇窗户的房间坐落在山丘顶上，沐浴在海上的阳光下，单凭这句描述就能想象出一幅流光四溢的画面，令人兴奋不已。房子有一扇木制百叶窗，我原本打算仅在冬季将其派上用场，却发现整年都用得上。我发觉如此设计后，既有最隐蔽、幽暗的居所，又有和户外别无二致的内室。我的卧室有三扇窗户，一面朝东，一面朝西，一面对着北边的瑙塞特灯塔。

我在沙丘上凿了一眼水井，接上水管，就有饮用水了。尽管海滩紧挨着大海，沼泽地的水渠每日流向西边，但咸咸的沙粒下仍有淡水。不过，水的味道不尽相同，有的稍微带点儿咸味，有的清甜可口。幸运的是，我凿的那口井里的水是甘甜的。水管从一个用砖头围起来的带顶地窖里插入，里面还装了个水泵，在天冷的时候，我会从水泵里汲水出来（碰上天寒地冻的日子，我干脆打满几桶水，储在水槽里，然后立即把水泵里的水放干）。

我有两盏油灯，还有几个不同样式的烛台用来阅读，壁炉里塞满了柴火，让我可以取暖，我知道壁炉的设计一开始听起来的确很疯狂，不过很管用。这里的火不仅给我提供了一种供热的渠道，还是一种自然的存在，它是我的守护神，更是朋友。

在我那个大房间里，有一个被漆成跟车厢的蓝色完全一致的五斗柜、一张桌子，一个嵌在墙上的书柜，一个沙发，两把椅子，还有一张摇椅。厨房建成了游艇式的风格，所有厨具沿南侧的墙排成一行。先是碗柜、然后是放置油炉的地方，油炉不用时我会把它放在盒子里，接下来是个架子，一个陶瓷水槽，角落里放着水泵，还真多亏了那个水泵，从未出过岔子，要不然准会弄得我整天提心吊胆的。

我的生活用品都是用背包背来的，沙丘上没有路，再说了，即便有路，也不会有人来送东西。沙丘西边，有一条福特车可以勉强通过的路，不过，即便是最有经验的村民也得格外小心，我常听说有车子陷入泥沼或沙中。不过，我的木头就是从这条路上运送过来的。

有时，我还会让我的一个邻居用他家的马和马车将油桶送来。不过，这些帮助只是偶尔才能得到，我基本上也只能指望自己。能拥有这些东西我感到很幸运。我的背包才是随时待命的"沙丘马车"。每两个礼拜，我都会安排一个朋友在瑙塞特警卫站跟我见面，带我去伊斯特姆或者奥尔良购物，然后再将我送回到瑙塞特站。我会在那里将牛奶、鸡蛋、黄油和面包卷小心翼翼地一层层地码好，打好包，然后沿着海滩，踏浪回家。

我建造的那间小屋所在的沙丘顶离高水位线顶多二十英尺，距离海滩也不过三十英尺。我唯一的邻居就是距离小屋不到两英里的瑙塞特警卫站。南边是一望无际的山丘，还有几个偏僻、孤寂的狩猎营地，西边的沼泽地和潮汐将我同村子和几处偏僻的农舍隔离开来，房门也处在大海的包围中。北边，我唯一能同人接触的只有北边了。我的房子坐落在荒芜的沙丘上，四面都是自然环境。

小屋完工、试用后，我原本并没打算在科德角住一年，九月，我在那里待了两个礼拜。但是，两个礼拜结束后，我流连忘返。时值秋季，这片土地以及外海的美和神秘叫我如痴如醉，不舍离去。眼下，这个世界正好因为少自然元素，才显得那样地苍白，手边没有火，地下没有甘甜的井水，没有新鲜的空气，脚下也没有可爱的泥土。

我所在的那个由海滩和沙丘组成的世界里，大自然是那样地鲜活，像是都有了生命力。在苍穹之下，这里每年都会举行别开生面的盛会。大海潮涨潮落，海浪不停地涌向海滩，成群的鸟儿，海上的过客、冬日的暴雨、秋日的壮美、春季的神圣，所有这些都是这个漂亮的海滩的组成部分。我待的时间越长，就越是迫切地想了解这里的海岸，分享它那神秘、自然的生活。我发现我有时间做这样的事情，并不害怕孤独。我身上具有野外自然学家的气质。不久，我便下定决心，打算留在这里，在伊斯特姆海滩试住一年。

三

　　伊斯特姆沙洲堪称海湾的"防波堤"，其顶部悬于海滩之上，一个长着茂盛沙丘草的长坡，沿防波堤上被风雨吹打的高高边缘徐徐而下，在西坡的草地上结束。从瑙塞特灯塔望去，那里的地貌看上去十分平坦，事实上，上面坑坑洼洼，布满了凹地暗渠，大海的咆哮在这里如同瀑布发出的动静一样。我常在那些稀奇古怪的洼地漫步，还在沙地和坡道中发现了来此逗留的鸟类的足迹。一群云雀的爪印将这里的沙地搅得有些凌乱，这里，有只鸟在独自漫步，或是有只饥肠辘辘的乌鸦留下了深深的爪印；那里，一只海鸥留下了网状的爪印。在我看来，这些在沙丘的洼地中留下的痕迹总是带着几分诗意和神秘。它们不知从哪里冒了出来，有时候只是降落时翅膀留下了一点儿蛛丝马迹，而后突然无影无踪地消失在天空中。

　　在东部边缘，沙丘变得陡峭起来，跟下方的海滩相连。如果午后沿着海滩漫步，你会身处峭壁的阴影中。这些峭壁有的七八英尺高，有的高达十五至二十英尺，跟圆顶状的沙丘一样高。还有四五个地方，风暴在"防波提"上冲刷出了一道道沟壑，干涸的谷底长着沙丘植物，植物的根牢扎在半埋于地下的古老残骸中。成簇的白蒿（Artemisia Stelleriana）展露着我们最为熟悉的绿色。这种植物在裸露的地方长得极为茂盛，从沙丘的边缘蔓延至光秃秃的山坡，甚至试图在沙滩上找到一个永久的安身之地。夏季，它们灰绿色的外表带点儿银白色；到了秋季，它们又会披上金色和赤褐色的盛装，显得格外娇嫩、美丽。

这种草在山坡和山脊上长得最为茂盛，长长的叶子包围着浓密鲜嫩的沙丘黄花及四处蔓延的顶部。不过，山坡下沙地裸露、稀稀疏疏长着嫩芽的地方，映入眼帘的是海滨香豌豆熟悉的叶子和顶部凋零的花朵。再往下是如同沙漠一般的谷底，那里长着一丛丛稀松的草甸，翠绿的大戟树如同繁星一样点缀其中。这片地区唯一称得上灌木的是海滨李，不过，这种灌木丛极为罕见。

所有这些植物的主根都很长，埋在沙地深处有水分的地方。

一年的大部分时间，我都生活在两个海滩上，一个在上面，一个在下面。下海滩，也叫作潮滩，始于平均低水位处，沿一条轮廓分明的坡道延伸至低潮平均水平面的高水位线。更具高地特征的上海滩位于高水位线和沙丘之间，海滩的高度会随着暴风雨和潮汐的变化而变化。但是，如果我将平均宽度描述为七十五英尺，也不会有太大偏差。因为不断受到罕见的风暴潮和高潮的冲击，辽阔的海滩有了一方新的天地。

冬季的海潮会让上海滩变得狭窄，潮水盖过沙滩，席卷沙丘。夏季，整个海滩会变得宽广，像是每一次潮汐都会从海里送来沙子，说不定是外海沙洲的沙子随着每次潮流冲刷过来的。

伊斯特姆沙滩的颜色多变，很难找到合适的词来形容。它的色调总是根据时令和季节的变化而不同。有朋友说它的颜色介于黄色和褐色之间，另一个朋友则说和生丝的色彩无异。读者可以根据这些提示去猜测沙滩的颜色。六月，这里的沙子是那种温暖、浓郁的色彩，极为特别。黄昏，紫罗兰色的光宛如轻纱一般洒向海滩以及相邻的海面。这里的风景没有丝毫不和谐的地方，没有北方那种炫目的明亮，也没有让人唐突的裸露之地。总带着一种含蓄、神秘的意味，给人一种超凡脱俗、妙不可言的感觉，无论是在陆地还是在海上，总是蕴藏着一种大自然无比珍视，又竭力隐藏的东西。

这里的沙子有其特有的生命力，尽管这样的生命力是从风中借来的。在夏季一个惬意的午后，一阵西风蓦地高高扬起，我仿佛看到了一个小"风魔"，这种小龙卷风有六英尺高，从沟渠中高速席卷而来，卷起沙滩上的沙子，在沙滩上方打着旋，往碎浪的方向冲去。小"恶魔"掠过海滩，飞向太阳。旋转的沙粒中冒出一道褐色的光柱，发出炙热的光，打着旋，闪着奇妙的色彩。南边，我称为"大沙丘"的那块沙地不时地进行奇特的表演。纵向望去，这个巨大的沙丘形如一道海浪，面向海滩的斜坡像是纯粹由风吹来的，宛若一个巨大的扇面。西坡缓缓而下，落入一个大沙坑中。在最近的一个冬季，海岸警卫队将一个重要的哨所建在了沙丘顶上，夜间巡逻队在山脊上走出了一道凹口，不久，这道原本不起眼的凹口越来越深。现在已经有八九英尺宽了，深度也差不多。从湿地望去，山顶像是被咬开了一道圆形的缺口。在起风的秋日，干燥的沙子容易随风飘扬，遇上西风呼啸、海浪滔天的日子，山丘后面松散的干沙被风卷起，通过这个缺口涌向东面。这个时候，山顶如同火山爆发一样冒出"滚滚浓烟"，"浓烟"时而如同升腾的黑色羽毛，时而又如同一缕古象牙色的轻薄烟雾，翻滚着、旋转着，像海上的维苏威火山一样喷涌而出。

在山丘和沼泽地之间，一片不规则的干盐草地从沙地斜坡延伸至小河边上潮汐覆盖的湿地。这里的每一块地方都有其特有的草，令草甸看上去像是一块各种草竞相生长的大拼图。

在夏末和秋季，星星点点的沼泽薰衣草遍地都是，云雾一般的小花沐浴着太阳的余晖，在黄褐色以及近似小鹿一样颜色的草地上漂浮着。远处的湿地岛上，泥沙草甸上茅草丛生。这些荒无人烟的地方，还有不少隐秘的池塘，只有在日落时分才会显现出来。不过，野鸭却对这些池塘了如指掌，要是被猎人盯上了，它们便会躲在里面。

奇怪的是，有关科德角鸟类的著述却少得可怜！从鸟类学家的观点来看，这个半岛堪称世界上最有趣的岛屿。当然，他们感兴趣的地方并不在岛上的留鸟身上，因为这里留鸟的种类并不比别的地方多。生活在这里，引人感兴趣的地方在于，在任何一个狭小的区域看到的鸟的种类，比任何面积相等的地方都要多。比如，在伊斯特姆，我在所有候鸟、留鸟，以及临时到访的鸟类中，发现了陆地鸟、沼泽鸟、湿地鸟、海滩鸟、海鸟以及海滨鸟，甚至还包括来自外海的鸟。另外，西印度群岛的飓风还会将稀奇古怪的热带和亚热带鸟驱赶上岸。在一次大风暴中，吹来一只光彩夺目的朱鹭，后来又飞来一只军舰鸟。在海滩上生活时，每次遇上大风，我观察得格外仔细。

我将以自然学家最感兴趣的细节来结束这一章。伊斯特姆沙滩仅是一块长三英里，宽不过四分之一英里的地方，可是，就是这么一方小小的天地，大自然也会给那些卑微的生物保护色。如果你在海岸警卫站逗留，说不定能在警卫站的草坪上抓到一只蚱蜢，我们这里有海蚱蜢，抓住那玩意儿后，你可以仔细研究，会发现它周身是绿色的。你往沙丘深处走五十英尺，再抓一只，你会发现这只蚱蜢有着类似沙粒的颜色。这里的蜘蛛也跟沙子的颜色一模一样——这样说可是一点儿也没夸张。夏日的晚上在月光下四处觅食的蟾蜍也是这种颜色。你踏着海浪，整个世界就在你的手中。

于是，我选择留在海滩，盼着十月、冬日和鸟的大迁徙尽快到来。现在已是初秋时节，九月已经悄然降临。

我那几扇朝西的窗户傍晚的时候最美。在九月舒适、凉爽的夜晚，天空中宁静的光束和色彩犹如大地上的秋色一样漂亮。大地和天空秋意浓浓。橘黄色的岛屿闪着光亮，逐渐消逝在黑暗中，一条条水渠静静地流淌着，在暮色中呈现古铜般的色彩。草甸猩红的颜色变得更加浓郁，呈现紫色。夜幕降临，沙丘上的一草一木都在向天空展露各自的颜色。瑙塞特灯塔的灯光照在我北面的窗扉上，周而复始地将苍白的光刷在卧室的一面墙上。第一道光忽闪一下，接着是第二道、第三道，然后是短暂的间歇，水手舱和灯塔之间黑黢黢的一片。在月光皎洁的晚上，我能看到白色的灯塔和光亮，而在漆黑的夜晚，我只能看到稳稳当当地悬浮在大地上的灯光。

今夜没有月光，一览无余的大海上，秋日的天空中寒星熠熠生辉。

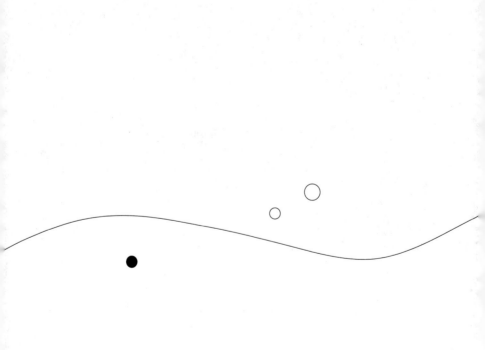

第二章

秋日

大海

鸟儿

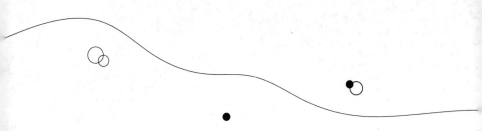

一

　　海滩上出现了一种新的声音，动静比平日更大。海浪一
天比一天汹涌。在绵延数英里的海滩、在孤寂的海岸警卫站，
人们在海水的咆哮声中，听见了冬天临近的脚步声。早晚渐
凉，西北风也渐渐有了凉意。我偶然也能在苍白的晨曦中看到
这个月的最后一轮弦月，挂在太阳北边的天空中，海滩上的秋
意比湿地和沙丘上更为浓郁。西边和陆地的方向多了几分色
彩。朝海的方向，辽阔无垠，闪着光亮，显得格外庄重。山丘
顶部边缘的枯草在风中战栗，向大海的方向颔首。沿着海滩的
方向依稀扬起一幕轻薄的沙尘，扬沙的咝咝声和大海雷鸣般的
声音交汇在一起。

　　我时常会在下午拾起浮木，观察鸟类。天空晴朗，正午
的阳光驱走了风中的寒意。偶尔还会有温暖的西南风从西边吹

来。日子缓缓流过，在这美好的时光中，我背着捡来的树枝和破损的板条往家走去，一路驱赶着海滩上的鸟儿，三趾滨鹬、矶鹬、环颈鸟、红腹滨鹬、金斑鸻、双领鸻惊得飞起。有时候十几只鸟聚在一起，有的三五成群，有的一大群聚在一起，有的密密麻麻地聚成一大团。再过两个礼拜，从十月九日到十月二十三日，会有大批候鸟在我的伊斯特姆沙滩"歇脚"。鸟儿会在这里聚集、歇息、觅食、交配。它们来来往往，时而消失无踪，时而再度聚在一起。沿科德角海浪边缘延绵不断的沙滩上，满是鸟儿纷杂错落的脚印。

不过，我观察到的鸟群并非漫不经心，毫无秩序可言，而是像一支整齐划一的军队。那些不计其数的小脑袋瓜里，似乎正传递着某种纪律和团队精神，唤醒了每群鸟中的群体意识感，让每只迁徙的鸟儿都能成为集体中的一员。我们很少见到离群的鸟，即便见到了，它们也是在寻找鸟群。这些鸟如疾风一般，好比跑步者径直沿着自己的跑道，沿着海浪飞速向前，它们的速度让我感到害怕。有时，我发现它们找到了同伴，在前面半英里处跟鸟群一起停下来歇息；有时，它们消失在了远处的波涛碧空中，仍在急速飞行，寻找同伴。

总的说来，前来这里的鸟儿似乎都在科德角的外面度夏，到了秋天，来自北方的队伍又壮大了。

傍晚时分，我发现鸟群在波涛汹涌的海边觅食时，是观察它们的最佳时机。既没有夏日浪花溅起的水雾，也没有热浪模糊你的视线，你可以看到前方的鸟儿。我背着东西沿着下海滩回家时，发现从来没见过这么多鸟儿。每次，泛着白沫的浪花急匆匆地逼近岸边时，鸟儿或是一个转身，或是拍打着翅膀慌忙逃离；可是，当潮水退去时，它们又会回到海滩，迫不及待地搜寻食物。吃饱后，它们则会飞向上海滩，成群结队地栖息在那里，在冷风中一待就是几个钟头。海洋上方的雷暴、苍白的云雾、被寒风吹散的残云在沙丘上方掠过。单腿站立的矶鹬将头深深地埋在羽毛中，做起了美梦。

　　我很好奇这么多鸟儿到底在哪里过夜。一天清晨，我在太阳刚刚升起的前一刻醒来，便匆匆穿上衣服，向海滩走去。我沿着落潮在海滩上漫步，先是往北，而后向南走去。不过，从北向南的这一大片海滩上空荡荡的，无论是天空还是地上，并没有发现鸟儿的踪迹。这会儿，我终于记起，最南端的上海滩有一对半蹼滨鹬被惊起，悄无声息地急速朝我飞来，侧身飞过我身边，落在我后面大约一百码的水边。它们随即开始四处寻找食物。这时，我看到一轮橘色的太阳似一个巨大的火球跃出海面，肃穆地悬在地平线上。

　　近几日的傍晚，海浪很高，鸟儿大约在上午十点便聚集在海滩上。有的从盐草地飞来，有的沿海滩而至，有的从天空降落。我从上海滩掉头到下海滩时，惊起了第一群鸟。当时，我径直朝鸟群走过去——所有的鸟先是乱作一团，然后重新聚集，往前疾走，进而高飞，很快没了踪影。我站在海滩上，脚下是刚留下来的爪印。我看着那群鸟瞬时成了一幅美如画卷的星图，变成了栩栩如生、转瞬即逝的昴宿星团[1]。我看见鸟儿呈螺旋式飞向天空，侧身的一刹那，腹部露出一抹白色，簇拥在一起的灰色背部时隐时现。接着又飞来一群鸟，尽管比之前的鸟更警觉，但它们仍在继续觅食。我越走越近，有几只鸟往前面跑去，像是在躲避我临近的脚步，其他的鸟停了下来，振翅欲飞。我再靠近一点儿，鸟儿再也无法站在那儿了，再次聚集起来，疾步走远，随即又跟着同伴沿海浪飞走了。

对我来说，这片海滩的自然风貌最让人不可思议的地方就是这些鸟儿飞行时组成的"星图"。之前就提到过，这种星图是瞬间形成的，同时鸟儿又会按照自己的意愿随意排列。在几码远外觅食的鸟儿原本只是为了各自的利益忙碌着，突然间，一种新的意愿让它们重新组合在了一起，它们同时起飞，

1　昴宿星团，简称昴星团，又称七姊妹星团，位于金牛座，裸眼就可以轻易地看见，肉眼通常看见到有九颗亮星。昴星团的视直径约2°，形成斗状。成员星数在200个以上，是一个很年轻的星团。昴星团也是一个移动星团。昴宿星团的云气是最接近地球的星云之一。

又同时沿海岸飞去，十几只鸟同时倾斜身体，随着那群新组合的鸟同时改变方向。我还需补充一点，这支新队伍并无头鸟或是向导。如果篇幅允许，我将非常乐意对鸟群新的意愿、瞬间的变化，以及一切的起源探讨一番。不过，我并不愿意把这些内容写在本章中，还是将这些问题留给研究个体和群体心理关系的人吧。我特别感兴趣的是，每只高速飞行的鸟怎能如此迅速、步调一致地服从新群体的意愿。它们到底是通过什么样的途径、什么样的交流方式，让这种意愿迅速传遍鸟群，令十几个甚至更多的小脑袋瓜瞬间领会并服从呢？莫非我们要相信笛卡尔在很久以前提到的那样：这些鸟儿都是机器，每只有着血肉之躯的小鸟如同一个个精确排列在机械装置里的小齿轮，在相同环境的作用力下像机械的棘齿一样同步滑动？莫非这些生物有着同样的心灵感应？莫非它们飞行时，同样的心灵感应会贯穿个体和群体之间？据我所知，鱼群也会做出同样改变方向的行为，我不久前就见识过一次。

人类在看待动物时需要一种全新的观点，需要更加明智、更加神秘地看待它们。人类自己远离广袤的大自然、靠足智多谋的生存方式过活，身处现代文明中的人类会戴着"知识"这副有色眼镜来看待动物，所以，鸟类才会被置于放大镜下，整个形象也都扭曲了；我们也因为动物的不完美，以高人一等的态度对待它们，认定它们命运悲惨，地位低下。我们不仅错了，而且错得相当离谱。因为动物绝不应该由人来衡量。在一个比我们生存环境更古老、更完整的世界里，动物的进化会更精巧、更完善，它们天生就拥有人类已经丢失，或者从来都没有获得过的超强感官。它们会通过我们从未听过的声音来交流。动物不是我们的同胞，也不是我们的附属物。在生命和时光的长河中，它们是别样的种群，跟我们一样被一张网困在华丽的世界中，被世俗的痛苦所折磨。

夕阳似一团烈火徐徐落下，潮水涌向海滩，泛起鲜红色的奇怪泡沫。数英里之外的地方，一艘货船在浅滩出现，往北驶去。

二

那是九月一个和煦的清晨，我碰巧站在窗前，向西边的湿地和秋日蓝色的水湾望去，海鸥看起来有些惊慌。涨起来的潮水已经将鸟群赶回到石堤和沙洲上了，从我所在的岛屿望过去，只看见一群群银白色的海鸥，拼命拍打着长长的翅膀，一窝蜂地向南方逃走了。我注意到它们飞得异常的低。我在外面的沙丘顶上站了一会儿，想看清楚究竟是什么惊扰了它们。正当我站在那里，盯着慢慢消失在天空中的海鸥思索的时候，发现在鸟群的后面有一只雄鹰正在高空中展翅翱翔。我看到的时候，它刚刚冲破厚厚的云层，翅膀一动不动，在广袤的蓝天中向南方飞去，好像正沿着下方蓝色的水路前进。

瑙塞特海湾的入口处有很多沙洲。很多海鸥都会趁着潮涨潮落的间隙去那里觅食，从湿地飞过来的海鸥也是如此。老鹰离沙洲越来越近了，我想看看它到底是要降落，还是会冲向大海。但是我的两个猜测都错了，它在海湾的入口处拐向了南方，一直沿着海岸线飞行，消失在了远方。

秋天的时候，我时常看到这只鹰。我能从海鸥群的反应中猜到它大概什么时候会来。我认为这是一只白头海雕，就像福布什先生[1]说的："它是天生的捕鱼者。"可我从来没有发现它对海鸥产生任何的兴趣，但是，如果它饿得厉害，也说不定会对这些肥美的鸟儿下手。总而言之，海鸥害怕它。浅滩上总有几只黑背海鸥或者"巨头"海鸥混杂在银鸥中间，而且我还发现，这些健硕的大海鸥总是躲在其他海鸥中寻求庇护。

在科德角上空老鹰是常客。它们本来只是沿着海岸线转

1　爱德华·豪·福布什，美国鸟类学家，著有多部有关鸟类及如何识别鸟类的书。

转，却发现这块地方正合心意，于是便各自找好地盘留了下来。它们在这里的沙洲和小海湾中捕鱼，似乎对科德角上零零散散的池塘格外感兴趣。近看可以发现，白头海雕通体呈棕黑色，头部、颈部和尾巴是纯白色的。我还没有近距离看过这个伊斯特姆的访客，但是有一天，一位海岸警卫队队员在流向荒野的小溪边上的灌木丛中惊起了一只白头海雕。他说突然听到草丛中响起了翅膀抖动的声音，一转身，看见那只鹰正从灌木丛和斑斓的树叶中展翅高飞。

　　自从我来到科德角，就在沙丘上见到了许许多多陆地上的候鸟，数量之多真的让我感到惊讶。我想过能在沙滩上看到矶鹞，在浪尖上看到海番鸭，因为这些都是近海的鸟类，但是我从没想过能有幸在九月里看到红胸鸸从沙丘上飞起，也没想过能在水手舱的梁木上看到迷人的黑黄林莺，它尖尖的黑尾上的羽毛朝着大西洋的方向。我最好还是从头讲起，说说今年秋天这些雀类和莺鸟在海滩上和我们相遇的情形。

　　各种不同的雀类是最先到达的，它们算是这里的外来户。沙丘西边的湿地和草地是许多雀类的天然栖息地，它们都聚集在此，还包括许多夏季的雀类。在夏天走过这块草地，你会看到落单或者成群的雀儿从前方的枯草丛里惊起，有些会在前面落下，再找地方藏身，有些会站在警卫站的电线上打量着你。这里的歌带鹀特别多，因为这类鸟儿经常会光临湿地和沙丘；海滨灰雀则喜欢待在湿地的边缘以及盐草地的枯草丛里；尖尾沙鹀偏爱干草车的车辙；奇怪的小草蜓沙鹀会对着如火的夕阳用颤音发出两声微弱的叫声，它那奇妙、凄凉的啼鸣似昆虫的叫声一般。

九月伊始，哈德森杓鹬就来到了伊斯特姆的湿地。为了一睹它们的风采，我选择从草地前往瑙塞特，而非从海滩过去。九月的涨潮已经漫过了湿地和草地。每个下午，我在草地中艰难行进时，总能看到杓鹬从被水漫过的路边飞起、盘旋、相互呼唤，如果我用心，便能听见清楚的回应声。接下来就是一片寂静，我能听见秋天和世界的声音，也许还有沙丘那边，波涛渐行渐远的怒吼声。当我走进秋日里更为宽广的草地上时，发现了藏在麦茬里的雀类，才过了一个礼拜，它们的数量就多出了一倍。

成群的狐雀在到处觅食。我的到来惊飞了几群稀树草鹀和白喉带鹀，一只落单的白头雀躲在树丛里看着我。这群鸟儿很安静，我路过的时候能依稀听到"嘧嘧"和"啾啾"的警报声，除此以外，什么声音都没有了。交配期已经结束，鸟儿们都为生活忙碌着。

二十四日和二十五日都是风雨交加的天气，二十七日我第一次看见了莺鸟。

天晴了，我一大早便起身吃早餐。我在这里的习惯是面朝大海坐着，正搬桌子的时候，我注意到房前的草地上有只不知名的鸟在觅食。它太小了，草地对它而言就像灌木丛，我一开始并看不清楚是什么鸟。过一会儿，它拨开草秆，从草地里出来了。我就在窗口看着，它并没有发现我。第一只来到这里的是加拿大威森莺，它的背部是铅灰色的，腹部呈黄色，在黄色的脖子和肚子中间，点缀着黑色的斑点，真是一只小可爱。苍白的沙滩上，海风轻轻吹拂它头顶的枯草，它在黄褐色的草根里进进出出，在斑驳的晨曦中走来走去，找寻食物。眼下，为了找到更多食物，它转到了院子的角落里，等我吃完早餐出去的时候，它已经不见了。

接下来的一个礼拜内，一只黑头威森莺（也许是雌鸟），一只黄黑色的莺鸟，还有一只栗胁林莺陆续来到了这里。这些鸟儿都是独行侠，穿梭在沙丘中，寻找掉落的种子为生。十月，有一天我看见了五只默特尔莺，其中有两只在水手舱附近的沙丘上逗留了一周。随后雪鹀和鸽鹰也相继而来。雪鹀和莺鸟一样，都在沙丘上觅食。黎明前大概一小时，鸽鹰会在沙丘上捕食雪鹀。一天早上，瑙塞特的灯光还在一片阴沉、冷寂的世界中闪烁，我早早地出门考察，看见一只鸽鹰突然从北边的河道里飞起，爪子里还抓着一只雪鹀。它沿着河道向海边飞去，紧紧抓住猎物，在沙坝附近找到一处隐蔽的地方，站着警惕地观察了一会儿，然后放松下来，大快朵颐起来。

　　我还看到了许多不同种类的陆地候鸟，就不一一赘述了。对我而言，这些鸟儿如何来到了海边，比将它们分门别类要有趣得多。前面已经提过，科德角这只伸向大海的手臂由内陆向外延伸了大概有三十英里，然而，还是会有各类陆地候鸟、小鸟，还包括许多北极雁都会经由此地，向南迁徙。在这个多云的早晨，我写下这些文字，耳畔响着令人困惑的滔天巨浪声。我想起了两周前看到的那只雌性黑头威森莺，究竟是因为什么让它放弃了故土，来到这片素未谋面的灰色汪洋的呢？这样的迁徙需要何等勇气，又是怎样古老的信念才能支撑它们往南飞呢？这是对环境和死亡的挑战。陆上的风，汹涌的海，身后的故土，还有未知的远方，这些全都体现在了这具叱咤天空、充满活力的躯体内。

　　但是，谁又知道这些陆地上的鸟儿是按照什么样的航线才飞抵科德角的？我猜测，有一些是飞过了马萨诸塞湾来到这里，它们的行程从波士顿的北部（大概是安角或者伊普斯威奇）开始；还有一些从科德角北边的南海岸而来。毫无疑问，另外的鸟儿则是直接从缅因州飞来。树木繁盛的缅因州以莺鸟众多而闻名。我提到的那些莺鸟极有可能是沿着某条大河来到海边的，说不定是肯纳贝克河或者佩诺斯科特河，然后又直接飞越了河口，来到科德角。高地灯塔位于肯纳贝克河口的赛金灯塔（正）西往南偏75°的位置，中间的开放水域仅有一百零一英里，鸟儿能轻而易举地飞过这片水域。

全世界的陆地候鸟都有越洋的能力。举个例子，许多鸟类每年都要飞越地中海两次，在欧洲和北非之间迁徙。在我们所处的西北半球，这些鸟儿会飞越墨西哥湾，在西印度群岛和大西洋南部各州之间迁徙。

十月下旬的一天，科德角的东边刮起了狂风。到了下午，潮水正高的时候，我穿上了油布雨衣，出门观浪。在距离水手舱北边大概一英里的地方，我正在大雨中前进，看到前面有一个小黑点，正随着巨浪向海滩前进。正在我盯着它看的时候，小黑点跌落在了海滩上，随时都可能被海浪卷走。我连忙冲到前面，在海浪的泡沫要将它吞没之前，将它捡了起来，发现只是一片秋叶，一片湿透了的扁平的红枫叶。

十月中旬，陆地上的鸟儿都飞走了。只有几只麻雀还在湿地逗留。李树的叶子差不多已经掉光。我在海滩上走着，在云朵的形状中瞥见了冬姑娘的倩影。

三

西边的天空黑压压的，大片的乌云聚集在寒冬的海平线上，给人一种太阳落山的错觉，冬日的白天本来就短，这样一来便显得越发短暂了。海鸥和野鸟也纷纷而至，它们从孤寂、阴暗的北方、从北冰洋飞来。那些继续往前飞的鸟儿，有些来自大陆和极地之间的小块陆地或是大片荒无人烟的岛屿，有些来自冰原荒地，有些来自森林湖泊，还有些来自大西洋岩石中默默无闻的壁架裂缝。溪水不停奔涌向前，从平坦的山峰喷涌而下，环绕着地球，将不同部落、不同民族，将人类和飞禽，将各种宗室家族，不论老少全部引向南方。枯萎的草地，十月的积雪，寂寥的森林，这些都留在了北方。此刻，人们眼前看到的是在远处大海上闪烁的第一抹光束。

世界上有许许多多的河流，据说其中最大的两条从北到南流至科德角。第一条河流源于阿拉斯加内陆，由东南向流经加拿大汇入大西洋，沿着这条河流迁徙的鸟儿来自北部荒原和北极的岛屿及半岛。另一条河流源于极地深处，沿海岸线流经格陵兰岛及拉布拉多岛向南奔腾而去，在这条线路上迁徙的是耐寒的北极鸟群，它们在潮汐中捕食生存。许多物种在两条河流附近都很常见。在科德北边的某个地方，差不多是在圣劳伦斯河河口的位置，两条河流汇集在一起，形成了洪流，朝着新英格兰向南奔涌。水源养育了原始的生命，也滋养着海岸和天空。

鸭子也到河道里来凑热闹，一些来自海湾，还有一部分来自外海。雁群随着晚霞一起，落在西边的小海湾里。一群黄脚鹬在夜幕降临的天空中盘旋，一旦受到惊扰，它们就会躲进草丛和小溪，以及比自己还高的盐草丛里。每当夜幕降临或曙光初现的时候，我都能听见鸟儿的歌声。有时会有穿着橡胶鞋和卡其色制服的陌生人到我的地盘上来。每个礼拜六下午，我都会从西边的窗户望出去，若有所思地看着一群将自己伪装成草丛的猎人。

自从我打算这个冬天在此处安顿下来后，发现自己像是变成了一个赶海人。每过一会儿，只要我有机会望向大海，看见什么不明物品或者其他东西在海浪中时隐时现地起伏，我便有了赶海的冲动。被冲到这一大片沙滩上的东西应有尽有，而且就算是最没有价值的东西，也有着宝藏的神秘气质。"神秘宝藏"随波漂荡，最终被浪花拍到岸上，最后发现其实就是某个格洛斯特渔民丢弃的臭烘烘的饵食桶，或者是捉龙虾的筐，要不就是刻着持有者名字的货箱。但是在附近的海滩或者海面上，总能捡到一些物品，能捡到什么东西不一定，但心中一直怀揣着希望。一天，一件破旧的美国伞军制服被冲到岸边，衣服都被海水浸透了，我若有所思地观察着它。当时这种服装还很常见。我在村里有个老朋友，他有时会偶尔穿一下在灯塔南面找到的上好伞军制服。但是我捡到的这件衣服已经烂了，而且尺寸也太小了。但是我还是把扣子剪了下来留作纪念。

就在此刻，我正站着剪扣子，抬头望了一眼南面的天空，一群天鹅掠过苍穹，这大概是我人生中第一次，也是最后一次看见这种场景了吧。天鹅群正沿着海岸线飞向远处的大海。它们飞得又高又快，向离弦的箭一样，直逼云霄。在波涛汹涌的庄严的大海上，在十月的蓝天白云里，这群白色的鸟儿是那样的壮观，它们飞行的姿态比音乐更为优雅。在它们的羽翼之下，那片给予我们承诺和呵护的古老大地是那样的美丽。

四

十月最后的两个礼拜是秋鸟造访的高峰期。十一月与十二月，内陆的溪流量开始减少，然而，沿海岸的溪流水流依然充足，呈现出了一个稀奇古怪、又十分罕见的世界。而对这样的场景，我会多费些笔墨，因为我发现这里的确妙趣异常。

此刻，在我对鸟类与秋季的记录快要接近尾声时，我却猛然记起沙丘附近最奇异、最美妙的迁徙——并非鸟类的迁徙，而是蝴蝶。在十月的某天清晨，日头高照，如同九月秋高气爽的日子。我记得，那天吹起了秋风，方向由北至西，但那天的风暖暖的，很是惬意。这样的日子正适合室外活动。十点过后，我走了出去，来到水手舱的后方，身处于明媚的阳光下，开始用捡来的浮木拼接做箱子。跟平日里一样，我环顾四周，却没有什么风景能吸引我的注意。我对木头又锯又敲，约莫干了三刻钟，略感疲惫，便搁下工具，歇息了片刻。

我正在休息时，一群二十来只橘黑相间的蝴蝶飞向沙丘。那蝴蝶虽是一群，彼此之间却保持着一定距离，每两只之间相距有八分之一英里。有的停歇于沙丘上，有的驻足于盐草地上，还有三只落在沙滩上。它们的行动如同风向般难以预料，但毫无疑问依然是在向南飞行。我试图在沙滩上捕捉某只小蝴蝶，即使我自以为跑得还算快的，但我依然无法跟上它突然的转向以及飘忽不定的行踪。我对它没有恶意，只是单纯地希望能仔细端详它一番，但它还是逃走了，高飞而去，消失在了沙丘的顶部。等我迅速地爬上陡峭的沙丘顶端时，那小逃犯已经飞离我八分之一英里远了。我只得回去继续做木工活，心里对蝴蝶的飞行能力更加敬佩了。

一位与我有书信联系的昆虫学家告诉我，我遇到的不是帝王蝶，就是黑脉金斑蝶，要么就是鳞翅目斑蝶。早秋时节，群聚的成年蝴蝶会朝南飞，而且据说新英格兰的种群最远能飞抵佛罗里达。而次年春天，出现在北方的零散蝴蝶（不再成群）显然是从南方来的。我们尚不知——这一段我基本是逐字逐句地照搬昆虫学家的话——那些到底是从北方迁徙回归的蝴蝶，还是并未去过北方的一小部分。我们只知道秋季迁徙的蝴蝶都没在南方待过。

伊斯特姆的蝴蝶上午余下的时间都停留在沙丘上。我猜想它们应该是在觅食。在十二点半到一点半之间，它们便神秘地消失了，如同它们当初神秘地出现时一般，将夏日的最后一丝回响与高照沙丘的日头一起带走了。那天，箱子终于做好了，我将它装满，随后开始在屋子地基周围筑起一道海草墙。我在温暖的午后工作时，一只蟋蟀唱起了歌，高亢的声音来自我那堆浮木的空隙处，除了大地上熟悉的虫鸣声外，我还能听到海洋的咆哮声，那声音充斥着太阳光辉照耀之下的每一寸空间，似在残酷无情地向我们发出警示。

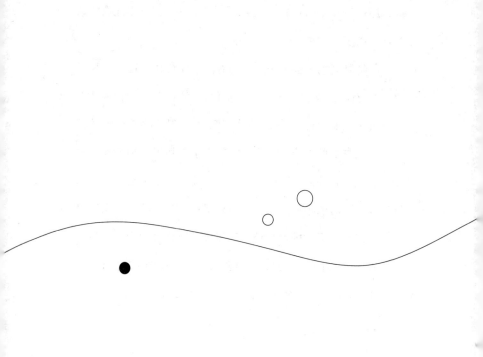

第三章

巨浪

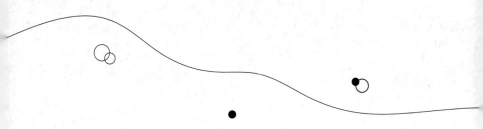

一

今天早上，我打算写点从来没在杂志和书籍上发表过的东西，写写大海在岸边的形态和声音。朋友总问我大海滩上的海浪是什么样子，问我有没有被海浪的声音打扰，搅得我心神不宁。其实，无论我醒着还是睡着，海浪都在我耳畔咆哮，可我的耳朵早就习以为常，很少会把这种喧闹带进思绪。一觉醒来，我会立即听到这咆哮声，这时我才会意识到它的存在，便竖起耳朵听上一阵儿，随即将它抛在脑后。只有当我停下手头的工作，才会再次听到它的声响，抑或是它发出了什么怪声，激起了我的好奇心，我才会侧耳倾听。

根据当地的说法，会有三股大浪一齐冲向海岸。先是涌起三股巨浪，而后散若混沌，接着再次形成三股大浪。在凯尔特海岸，第七道海浪犹如威武的国王，从昏暗寒冷的海中杀将出来。然而，按照科德角的传统，从来不会出现半真半幻的一幕，一切都是真实的。这里的海浪的确都会分三股袭来。我望着三个巨人一次又一次地打着滚儿，一个跟着一个从大西洋赶来，它们冲过层层阻碍，变得支离破碎后又重新融为一体，而后在孤寂的海岸粉身碎骨。海岸警卫队对此了如指掌，最后一道海浪消散开来，他们会趁着这一刻的平静放舟出海。

巨人也有独行的时候。深夜，它们猛然出现，把我惊醒。有时，我正好听到最后一记水花溅落的巨响，有时，却只能听到它退去时响亮的咆哮，而一阵短暂的间歇之后，迎来了大海在夜间那长长的韵律。孤独的巨人掀起绿浪，击打着宁静的世界，震荡着海滩与沙丘。一个九月的深夜，我静坐着读书，一个原始巨浪冲到房前，宁静的夜晚被地动山摇般的巨响搅得天翻地覆，在犹如雪崩一样的巨浪面前，沙滩在晃荡、沙丘在颤动，我建在沙丘上的房子也在摇晃，屋里的灯忽明忽暗，墙上的画也咔嗒作响。

大自然中最原始的三种声音我都曾听过：雨声、原始森林里的风声，以及沙滩上的浪花声。其中，浪花声最让人惊叹，也最美妙多变。有人说大海发出的声音单调乏味至极，那可就错了。大海有各种声音。海浪拍岸时，只要你用心去倾听，便能听到许多不同的声音，比如低沉的隆隆声，笨重的轰鸣声，海浪的撞击声，海浪翻滚时发出的哗哗声，似枪声般刺耳的爆破声，水花溅起的扑通声，海水摩擦岩石时发出的沙沙声，有时那声音听上去就像是回响在海上的说话声。这些声音不仅是形成的方式各不相同，它们的节奏、音调、重音和韵律也在不断变化着，时而响似惊雷，时而静若私语，时而兴奋激烈，时而庄严肃穆，时而似一曲小调，时而像一首带着强烈的目标感和意志力的主旋律。

风儿的每种状态，气象的每个变化，以及潮水的每次起落——它们本身就是那微妙的大海之音的创作者之一。拿潮水的起落来说，潮起潮落是两种不同的乐曲，两者的变化在涨潮之后的第一个小时里最为明显。随着新的潮汐不断涌来，浪声也越来越响，就像大地上重新燃起了战火，乐曲也随之发生了变化。

秋日，沙丘上的海浪声此起彼伏——不断地冲击，不断地奔涌聚集，不断地崩塌解体，不断地此消彼长。我一直在试着研究这种强大共振的力学原理。其最主要的基音是每一道蜂拥而来的浪花发出的巨大碰撞声，可能是在隆隆作响，又或许是在剧烈搅动，还可能是在翻涌怒号。第二基音是海浪解体时海水像大瀑布般倾泻而下，泛着泡沫的海水冲刷着海滩，交织出狂野的怒吼声——声音往往会渐渐变小。第三基音是水中的泡沫不停地破裂时发出的嘶嘶声。成吨的海水互相撞击发出隆隆的声音，海水上涨奔腾时形成了怒吼声——耳中的第一、第二基音和谐一致地交织在一起，然后二者又消散在第三基音的嘶嘶声中。在嘈杂声之外，还可以听见：扑通扑通的水花声，沙沙作响的水声，翻腾时的嘶嘶声，拍击时的啪啪声，嗤嗤作响的水声，它们像鸟儿一样飞过。其他海浪的泛音又和整体的隆隆声交织在一起，响彻在大地上、海洋里和天空中。

　　在此，我要先提醒一下读者，虽说我所叙述的是海浪——一个最典型的海浪——形成的历史，但要知道，海浪拍岸时是一浪紧接一浪，互相交杂又绵延不断，有些海浪会被截流，有些会逆流，有些会形成巨浪。再者，我所形容的是天气晴朗时的海浪声，暴风雨时形成的海浪在力学原理上是一样的，但它第二基音是一种令所有水手都恐惧不安的嘎吱声，悠长而低沉；海浪呼号咆哮着奔向海岸，在沙滩上撕扯拖拽。狂风呼啸之际，水下传来一种奇怪的声音。

当碎浪"被迫"冲向一个陡峭的海滩时，往往会带来一种"嘎吱嘎吱"的摩擦声，那是水流被挡住后顺着小坡流入海里的声音。在退潮时，当海浪爬上礁石又落到下方海滩的斜坡上后，这时的摩擦声最为响亮。

最能吸引我注意力的或许是我在刚上床后听到的拍岸浪声。即使当时我正翻着书，有些困意，也能听到那抑扬顿挫的怒吼声响彻整个黑夜。水手舱离海滩是那么近，所以在天气晴朗时，我最常听到的并非是那种比较常见的喧闹声，而是从不同海域不断地涌来、溢落、最后再瓦解的声音。半窗遮着帘子，海浪不断冲击翻涌，悠长响亮的混声透过那幽暗的四四方方的窗口传入我的耳朵，这种圆润低沉的自然之音让人百听不厌。

远海海域里，各个海浪声混合成一首震耳欲聋的交响曲。在秋日的晚上，这一海洋之声会响彻整个伊斯特姆村。"夏日来客"已然离去，村子恢复了宁静，准备迎接冬季的到来。厨房的窗户透着灯光，在沼泽和湿地，以及沙丘的防波堤上都回荡着大海的呼啸声，悠长而萧瑟。初听时，觉得这不过是从远方传来的可怕声音；但再多听一会儿，你便发现这其实是由雷鸣般的海浪声组成的交响乐，它无休无止，是远处大自然的炮击声，既美丽又可怕。我最后一次听见它的声音是在十月某个繁星点点的夜里，我当时正在村庄里散步。那是一个无风的夜晚，树影稀疏，村民们都睡了，整个昏暗的世界都沉浸在这个声音中，简直妙极了。

二

海洋是流淌在地球心脏里的血液。日月的引力令海水涨落，潮汐是地球心脏的静脉在不断舒张和收缩。

海浪拍击大海的节奏如同生命的脉搏，是一种纯粹的力量，它不断用水的各种形态来表现自己，在不停的冲击中消亡。

我站在沙丘顶上，看着一个巨浪沿着海面朝我奔涌而来，不过我知道这是错觉，远处的海水并没有离开那片海域。那只是一种借助海水的形态表现出来的力量，是一种无形的脉动，是颤动。

细细想想那些我们曾看见过的奇迹。在海洋的某个地方，或许是一个与这片海滩相隔千里的地方，地球的脉动产生了震动，引发了海浪。我想知道的是，这种原始动力能循环吗？海浪是否会从震点一圈圈地往外扩展，就像有颗石子打破了原本平静的水面？或许是因为这种波纹过于庞大、错杂，所以才没被我们察觉到？无论是海浪还是海浪的波纹，一旦形成，它们便开始了穿越大海的旅程。不管在海浪形成之前还是在形成之后，都发生了无数次震动。海浪冲向陆地，涌向海岸线，朝岸边奔去，然后瓦解消散，最后化身成泛着白色泡沫的海水流回去，接着变成另一股海浪的一部分，再次冲击、下落。就这样日夜不停地循环往复，直至地球那颗神秘的心脏迸发出最后一次缓慢的跳动，最后一股海浪消散在最后一片孤独的海岸上。

　　不过，我站在沙丘顶上时并没有产生这种幻觉，也没联想到大地的震动，因为我在观看海浪时用的是眼睛而不是内心。毕竟幻觉源自一种特别的神奇之物——不断律动、不停变换形态的海浪。眼看海浪前一秒还在四分之一英里以外，下一秒就只有几百码远了，接着就已经靠近海岸了。我们看到的似乎是同一湾流水，因为它们在水量和形态方面都没有明显的变化，不过最原始的律动却一直以一连串的水流形态来展现自己，而这种水流形态又是这么相似，所以我们会将它们个性化，用目光追随它们——或许是第三道海浪，又或许是巨浪之后的第二道海浪。地球的震动是那样奇妙，大海的神秘波动与另一股力量一起搅动着海水将陆地隔绝，由此让自己的形态保持稳定，这种虚幻与现实交错的一幕是多么奇特！总之，肉眼便能看到它最美的一面。

　　昨天，西北风刮了一整天，空中的云都被风吹散了。今日虽变成了东风，却依旧万里无云。午后，蔚蓝的天空和海水融为了一色，蓝白相间的浪尾成了海天交际线。在东北方，远处靠近地平线有一抹最迷人的蓝色海面，我从未见过这么明亮的蓝色，似蓝色花瓣，又似中国童话中的蓝色皇袍。你要想看到最美的海浪，那就在这样的日子里到海边来——美丽的天空倒映在海面上，岸边微风徐徐；最好是下午过来，这时阳光会照在海浪上。但一定要早点儿，因为日头高照，阳光斜射时，闪闪发光的海浪最为美丽、最有韵味。涨潮的时候也一定要过来。

　　蔚蓝的大海广阔无边，海面波光粼粼，海上涌起一个高高的浪头，身后还跟着一个佼佼不群的巨浪。

　　有朋友曾告诉我，在一些热带地区，海浪会组成长达数英里的浪墙同时拍向海滩，撞出隆隆巨响；我想，那场景肯定格外壮观；但要是一直是这种海浪也会让人难以忍受。这儿的海浪是断开的，它们互相平行着冲向海滩，有的海浪有几百英尺长，有的有八分之一英里长，最长的有四分之一英里长——
或许更长。因此，无论何时从水手舱艏楼甲板望去，目之所及
的沿岸五英里的海域里总是波涛汹涌、潮起潮落。

让我们的话题回到这片沧海之外的那道碧浪上。在世界
的另一端，位于科德角正对面的西班牙古城加利西亚，其庞特
维德小镇上的圣地亚哥－德孔波斯特拉大教堂[1]是著名的朝圣
之地（我在大教堂时，他们要给我一枚银质扇贝壳[2]，不过我
没要，而是从某个加利西亚渔民那儿得到了一枚真正的扇贝
壳）。在西班牙这块土地和科德角之间的某个地方，地球的震
动产生了这道海浪，并让其往西奔涌而去。在远离海岸之处，
锈迹斑斑的货轮迎风行驶，飞溅的水珠乘着彩虹滴落在甲板
上；大货轮也感觉到了船体下的洋流。

一块陆地在西边升起，震动向科德角这道屏障靠近。在
三分之二英里以外，这道巨浪依旧属于大海的震动。它呈一道
略微弯曲的弧形划过水面，震动让它看起来像一座正在移动的
长土丘。我瞧着它奔向海岸，越靠越近；随着海水变浅，海滩

1　圣地亚哥－德孔波斯特"圣雅各之路"是基督教最重要的三大朝圣路线之一，其
终点就是位于西班牙北部加利西亚自治大区首府的圣地亚哥－德孔波斯特拉大教堂。
2　银质扇贝壳壳是圣地亚哥的象征，也是朝圣之路的路标，是朝圣者们永恒的信
物和护身符。

升高，那道巨浪也在逐渐上涨；离海滩渐行渐近，从土丘变成一个在迅速扭曲的椎体，靠海的那一边在不断伸长，靠陆地的那一边则不断向内弯曲——这时，海浪就成了碎浪。清澈明亮的海水沿着浪尖荡起层层涟漪，水花四溅。其他碎浪瓦解后搅出了一片泛着泡沫的海水，在泡沫的冲刷下，便能在沙滩上捕捉到大海的最终形态——浅滩绊住了海浪——巨浪跌跌撞撞地横冲直撞，被身后的力量不断推着往前。碎浪的跌落绝非只是因为重力。

长长的向海坡面，弯曲的浪峰，以及前面的弧形旋涡——正是这最后一道海浪唤起了足以装饰整个世界的想象力。

倾覆的海浪向前撞击，涛声沸沸，此起彼伏，大股闪闪发亮的蓝色海水倾泻而下，激起千层白浪，被沙滩弹回空中的水流往往会比之前稍高。在这狂野的大自然中，随着力量最终形态的瓦解，大量泡沫像泉水一样喷涌而出，泛起阵阵涟漪。这股海水还在不断翻腾，激起层层白浪，然后像一股不可思议的激流般冲向沙滩。在不到三十五英尺的范围里，浅水区离陆地只有两英尺。冲击时边缘不断变薄，最后的震动消失在下滑的泡沫中，用最后一点儿能量映出美丽的天空，然后，瞬间消失在沙滩上。

又是一阵隆隆的雷鸣声，分散崩离的海水再次聚成另一道海浪直往前冲。日复一日，年复一年，瞬息万变的大海始终遵循着这种固定的节奏，以一种错综复杂的规则千变万化。

我可以盯着一道迷人的海浪看上好几个小时，观赏着它移动时的狂野和变幻莫测的姿态。我喜欢站在海滩上，看着一层层长浪碎落一地，看着源自不同起点的海浪冲向四周，猛地撞在一起，在反作用力下激起白色的锥形浪潮。波澜壮阔的水花每每让人赏心悦目。高耸的涡形巨浪倾泻而下，其包裹的大量气体奔涌而出，几秒后，压缩的水汽轻飘飘地穿过翻腾的激流，水花如洁白的羽毛一般飘飘洒洒落了下来。九月的一天，我曾在此见到了二十来英尺，甚至高达三十英尺的"喷泉"。有时也会发生一些不同寻常的"怪事"，被卷在里面的气体不是水平地，而是垂直地自下而上地往外逃散，于是这道海浪就如水龙吐珠一般，突然间喷出一股充满蒸汽气流。在晴朗的日子里，当海浪破裂时，跌落的浪峰会映射在似玻璃一样的涡形水面上。秋日里，在一个宜人的午后，我看到一只漂亮的白海鸥沿着海浪的旋涡展翅高飞，身影倒映在海浪上。

接下来我得说说风的奇妙作用。当风直接吹向海面时，便会和正在靠近的海浪互相角力；风虽然是吹向海面，但吹得不远，而且与海岸之间的倾斜角度在十二到二十度之间时，正在靠近的海浪便不会和风角力，它带着那长长的轴线与风一起并驾齐驱。坐在水手舱里时，单是看着一道道倾斜的海浪，我便知道离岸风的具体方向。

汹涌翻腾的海浪与狂风互相搏斗，数英里长的海滩在这时最为美丽。其次是在海浪刚冲上海岸的那一瞬间。当海浪渐渐靠近时，遇到了呼啸的狂风，海浪被抬高后依旧在往前冲，不过狂风下的海浪像是长出一圈"鬃毛"。从南到北，我看着它们拖着白色"鬃毛"往前奔涌，三四十英尺后跟着在阳光下闪闪发亮的浪花。无论在世界的哪片海岸上，人们都将这种海浪称为"海马"。如果你想看到最好的"海马"，那就在十月里选一个晴天到海滩来，那时西北风正好越过荒原吹向海面。

三

在这一章的末尾，我将用几段话来聊聊巨浪。

我个人觉得，当风不是很大时是观赏巨浪的最佳时机。狂风会掀起海浪，也会压平迎面而来的巨浪，让它们变得汹涌澎湃，激起千层泡沫，那感觉就像是在一艘正在行驶的船只上观赏海浪。只有当风慢下来后，海浪才会凝聚成形。我在这儿所见过的最美的海浪，是在三个和风习习的晴好秋日里，那时佛罗里达飓风正退回北方。已是暴风过境之后，但大海深处依旧动荡不安。

　　某个晚上，我结束行程后从城里赶回科德角，在奥尔良时就听到了大海的怒吼声。到达瑙塞特后，我发现潮水已经涨至沙丘处，上面洒满了月光，翻腾的海浪盖住这片海面。我拖着沉重的行李箱，穿着进城时的衣服，艰难地沿着被海水掩盖的湿地，翻过一座座沙丘回到了水手舱。

　　风暴里的海浪会受到许多力量的影响——大地起伏时的节奏，肆虐的狂风、在自然法则下涌动的海水。巨浪乘着海上的风暴而来，它们本身也在向前冲，先是越过了外海的阻碍，然后不顾一切地冲向海岸。在撞击海滩的那一瞬间，它们发出的怒吼声消失在风暴里。大风肆虐，海浪永不停歇地起起落落，近海处的海水变成了涌动的白沫；边缘处是一片五十英尺的狂野怒潮；被卷入其中的沙砾也顺着海水一起流动。

　　在这汹涌的潮流下，科德角的外海有一股沿岸的回头浪。海水便从北往南流去，于是经常会从北方漂来一些破旧的残骸和浮木。海岸警卫站里的朋友看到我打捞回来的盒子或棍棒时，每每会说："两周前我在灯塔上就看见过这玩意儿。"

东风过后，我会在海滩上发现被连根拔起的小云杉树，以及马蒂尼克斯岛上捕龙虾时用的浮标——它们都是从缅因湾漂来的。而在风暴过后，我会看到一大片海胆壳。另一阵东风带来了一些奇妙的"木卵石"，它们来自海岸边被海水淹没的古老森林，奇妙之处就在于它们已经被海水磨成了黑褐色的"卵石"，它们的模样与卵石无异，摸起来也像卵石一样光滑。

我在海浪中发现的最后一个生物是一只巨大的马蹄蟹，这也是我在野外发现的唯一一只马蹄蟹。可怜的马蹄蟹！它被海浪翻了个底朝天，像往常一样弯起身子，所以身子的夹角里满是被海浪冲来的沙子。我发现它时，它正绝望地被滑落的泡沫蹂躏。于是我把它捡起来，冲洗掉它鳃里的沙砾，然后抓住它的尾巴，全力将它扔进离岸的海浪里，溅起了一朵小小的水花，那是我最后一次见到它，片刻之后海浪便填好了它之前待过的那个小坑。

秋天的东风和十一月的潮流冲走了夏日里堆积在海滩上的沙砾，受季节影响，这时的潮水涌到了沙丘底下。冰冷的潮流日日汹涌泛滥，最后一批短途旅行者和赶海者也离开了这片海滩。冷风呼啸，我听到了干沙打在西边墙壁上的沙沙声；十二月将至，寒冬也将笼罩住这片海岸。

第四章

仲冬

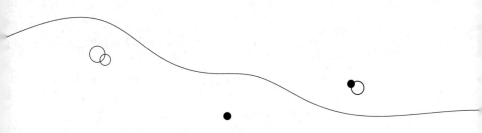

一

　　要是整年都待在室内，那不过是一场翻阅日历的经历；
要是在室外的大自然中度过这一年，便就像是完成了一场盛大
的仪式。要参与这一仪式，你得懂得如何朝拜太阳，即使是最
原始的人，只要用本能的感官去感知它，也能注意到夏季和冬
季里昼长昼短的变化。

　　在秋季的几个礼拜里，我会看着那团大光球沿着沼泽那
边荒原的地平线向南移动，它时而会落在田野的后方，时而藏
在光秃秃的树干后面，时而躲在布满莎草、散落着点点细雪的
小丘后面。我觉得我们要是失去了对太阳的感知，那损失可就
太大了。

　　总而言之，太阳的"冒险之旅"就像一场在大自然中上
演的伟大戏剧，同时也是我们赖以生存的根本，如果不去欣赏

它，不对其怀有敬畏之心，也不参与其中，那便是将大自然那永恒且极具诗意的精神拒之门外。

在这个碧海沙丘的世界里，绚丽的色彩会如潮汐一般随着太阳的起落而发生变化：一开始，日光渐渐变弱，但似乎还没有彻底消失；但过了灰蒙蒙的数日之后，日光几乎在瞬间就都消失不见了。大海没有了暖意，寒冬带着狂风冰雨如期而至。十一月初下了第一场雪，正好在黎明之前，那是个灰暗寒冷的日子。我在前天夜里写了封信，本想交给在七点钟便动身去南方的海岸警卫队队员，但不知为何没能看到他；当我站在沙丘顶上，望着黑茫茫的海滩，听着涨潮时那阴沉的隆隆声时，没有看到令人心安的、闪烁的灯光。

下一次巡逻是在午夜，我不想等到那时候，于是来到位于我南边的海岸警卫站，留下一张便条，让最后一位去南方的队员明早过来叫醒我，然后取走信件。约莫凌晨五点半的时候，我被跺脚声和敲门声唤醒了，来人是约翰·布拉德，是一个有浅色头发的高个子纽约人，他穿着蓝色的水手厚呢短大衣，衣服扣得十分严实，拉低的水手冬帽捂住了耳朵。

"嘿，约翰！你能过来一趟真是太感谢了，外面怎么样？"

"正在下雪呢，我猜冬天已经来了。"他若有所思地笑了一下。

我们闲聊了几句，接着，我将信交给他。他转身离去，消失在风雪交加的黎明里。

炉火已经熄了，水手舱里又冷又湿，不过我早就准备好了木柴，噼啪作响的炉火很快便燃起来了。我为这个冬季储存了一筐细枝条和碎浮木，以便在一早就能生起壁炉里的炉火。炽热的壁炉和跳跃的火焰迅速散发出充足的热量。

日光缓缓来到这个世界，但与其说它是从东边而来，倒不如说不知它从哪个隐约模糊的地方冒了出来——这道光并非变得越来越亮，而是在"量"上逐渐增多。来自西北方的暴风雪刮过长满莎草的湿地，然后掠过沙丘，似乎在这片广袤的土地上"没有着落"，于是又回旋着刮向阴沉冰冷的铁青色大海。在我观望时，五六只海鸥正好从湿地那儿飞过来。这些鸟儿喜欢恶劣的天气，它们可以在乌云蔽日时沿着海浪飞上几分钟，而这一壮观的自然风光往往预示着猛烈的暴风雨即将到来。

狂风卷着雪花不停地在沙滩飞掠；我看着飞旋的风雪将沙子卷进奔涌的激浪中，看着海岸警卫员巡逻时留在雪地上的脚印，看着背风处堆积的雪花，看着空荡荡的沙滩被装饰成银装素裹的世界，连这些飘在空中的雪花都有其自己的特点，它们来自科德角外滩和北大西洋，是晶莹透亮的冰状雪，它们只是掠过沙丘和湿地，却不会落在上面。

　　偶然间朝北方望去，只见瑙塞特灯塔的灯依旧在转动、闪烁，当我定睛望去时，它却突然沉入暴风雪中，灯光变得若隐若现，随后彻底消失了。根据历书的时间，太阳已经升起。因此科德角迎来了五十年以来最糟糕的冬季。这个寒冬里风暴肆虐、浪高潮涌，六次沉船事故夺走了数条生命。

　　在这个十二月的早晨，太阳结束了它的南方之旅，爬上了泛白的天空，往南来到白浪汹涌的奥尔良海滩上空，在苍白的天际上映出一抹亮丽的银白色。在这样的清晨，一些古人会登上山岗，祈求这白色的神明回到他们的树林和田野里；已经消亡的瑙塞特土著或许曾在内陆的湿地上跳过祭祀舞蹈，同一股西北风将这缓慢、带着节奏的鼓声吹向沙丘。

　　这个早晨适合到外面的沙丘上去探究这个冬季。在冰冷的碧蓝大海和湿地的水平线之间，由沙丘组成的长墙比周围的景色更白，因为沙丘上的草在枯死后会变成浅金色而不是赤褐色。夏季刮起西南风时，这些杂乱无章、却也生机勃勃的青草会像麦浪一样随风舞动，可如今它们都变成了稀稀拉拉的枯草，每株枯草都像拳头一样握着一团发霉的白须。

　　枯草下面的沙子也会移动。在夏季的植被枯萎后，沙丘的表面没了遮盖，冬季的强风吹向沙子，风儿在这道巨墙的面前上下翻涌，沙丘顶上表层的沙子也随之移动。

当然，随着风向的改变，沙子的移动方向也会有所不同，但一般都会朝大海移动，因为冬季主要刮西北风。有些地方的枯草被深深地掩埋在随风而来的沙砾下，只露出了枯萎的草尖；而在另一些地方，比如近陆地区的沙丘边缘，草木周围的沙子都被强风吹走了，只留下了乱成一团的干草根和草茎随风起舞。白色的枯草丛中零星散布着点点细雪，是两周前一场暴风雪留下的"残骸"。令人费解的是，残雪能在此停留数周，带有一种被漠视、被遗忘的意味。

我描述过沙丘表层沙子的运动轨迹，但是此地冬季的本职工作是让沙子平静下来，再将它们束缚在一起。太阳无法再提供足够的热量来晒干沙子，水分会留在沙堆内部，沙子会变重，从而失去了流动性。夏季时，脚印在片刻就会被"抹去"，而如今背风处的脚印能保留数天以至数周。而且沙子的颜色在冬季里也发生了变化，不再是暖暖的金黄色，而变成了冷冷的银灰色，同时它们也不会再反射阳光。

动物似乎都消失在寒冷的空气和笨重、了无生气的沙子里，沙子表面不再有昆虫的活动迹象。蚱蜢、苍蝇、蜘蛛和甲虫在觅食或者进行秘密活动时会在沙丘上留下一条条奇妙的带状小路，而这一切现在都消失了，留下了一个更加冷清的世界。

　　出于某种尚未可知的目的，也有可能只是在满足一时的兴致——为了某种特定的声音或一抹唯美的色彩，大自然创造出了数以万计的神秘生命，可如今这广阔的天地间万籁俱寂，耳畔只有海浪拍岸时发出的低沉轰鸣声和呼呼的风声，之前大量存在的爬行动物和飞虫都去哪儿了？我在沉思时突然想到，昆虫们为大自然带来了美妙交响曲，可我们从未对此心存感激；事实上，我们觉得这是理所应当的事情，也未曾好好留意过这一自然之音。在月明的盛夏之夜，从草丛中传来的"小提琴""管风琴"和"长笛"的声音，那难道不是一种难以用语言来形容的悦耳之音吗？我也喜欢它们在大自然中的活动轨迹，它们或许成批地蜂拥而至，又或是在奇怪地来来回回；它们飞舞盘旋时，翅膀会在阳光下闪闪发光。在这个特殊的时刻，这儿不再像夏季一样到处都是昆虫们的活动痕迹，但你还是能感觉得到它们的存在。数不胜数的雌性昆虫虔诚地吐丝作茧，产下了成千上万枚小虫卵，再将它们妥善地隐藏在草丛、湿地和沙滩上，只待来年春暖花开。

　　每个动物都有其特有的爬行技巧和运动规律，我现在没有发现任何动物抓爬出的小道。臭鼬会在外徘徊，直到捕食掉最后一只冰冷的蚂蚱，可如今它们也都懒洋洋地躺在黑暗的地下洞穴里，心跳缓慢得如同它们盛夏之身时的幽灵。它们显然不会在沙丘上筑穴，也许是因为它们聪明的本能发出了警告——如果在粗沙中筑穴，洞穴会在它们冬眠时倒塌。到了十一月，它们会从沙丘迁徙到内陆地区地质坚硬的湿地上，离沙丘最近的土丘上满是它们过冬的巢穴。

　　这个冬天，我曾两次看见同一只野猫在沿着湿地边缘捕猎，它曾是只家猫，我注意到当这种生物在回归野性后，它的步态也随之完全改变了——它在潜伏或跟随猎物时会像一只美洲豹一样将肚皮贴近草地。这是一只褐色的长毛野猫，那张猫脸看起来格外傻气。我猜它应该是在捕食来盐草地里觅食残渣的地雀。还有一次，我在沙地上看到了鹿留下的蹄印，但我打算稍后再来讲述这只小鹿以及它在冰冻沼泽地中的历险故事。

　　有人曾在奥尔良见到了一只水獭——在这儿很少能见到这种动物。那人最开始还以为是只海豹，直到它离开海浪在沙滩奔跑时，他才发现那是只水獭。透过水手舱的窗户，我不时能看见海豹在近海处游泳时露出的黑色脑袋。夏季，海豹很少出现在这片外海滩上——反正我从没见到过；但到了冬天，它们便会随着海浪来岸边觅食。它们的绝技就是神不知鬼不觉地游到一群海鸭下面，从水下抓住一只毫无防备的海鸭，然后叼着一嘴的鸭肉和羽毛就消失不见了。随之而来的是一阵混乱，幸存的海鸭疯狂地拍打着翅膀在海面上飞腾跳跃，它们分散开来，四处盘旋，接着又重新聚在一起。大自然随即便抹去这场打斗的所有痕迹，大海如往常一样潮起潮涌。

北部发生了一件意料之外的悲剧，那是发生在这个自然世界中的一次自然事故。我的朋友比尔·埃尔雷德奇来自瑙塞特，有一晚他告诉我，雷斯附近的海域当天早上发生了海难。两位渔民乘着一艘三十英尺长的大型平底渔船驶离了普罗温斯敦，海滩上的人看着他们陷入了麻烦；渔船被卷进了激潮翻涌的急浪中，最终船翻人亡。又过了几晚，比尔再次来到南部，我站在水手舱附近的沙丘底部和他聊了一会儿。那是一个迷人的冬夜，风平浪静，星光熠熠。"你还记得我之前说的那两个渔民吗？"比尔说，"他们的尸体都被找到了，有一个人的儿子在伍德恩德警卫站工作。昨夜他巡逻回来时，在海滩上发现了他父亲的尸体。"

二

元月一日，也就是礼拜六那晚，海岸线一带几乎是一片漆黑。黑暗中，瑙塞特灯塔散发着红色的光芒，旋转的灯光显露出一个镶嵌在黑暗大地和低低的阴暗云层之间、形似圆盘的世界。狂风呼啸，吹向海岸。

午夜过后，一名警卫队队员从卡洪霍洛海岸警卫站往南巡逻，途中发现了一艘被困在海浪里的纵帆船，海浪盖过了船身，船员们抓着索具大喊大叫。我在此用"大喊大叫"这一词并不带有任何贬义，无论是用"呼救"还是别的动词，可能都无法这么简单地来形容这起事件，也没办法完全表达出那晚听到的声音。那名警卫队队员向沉船上的船员发射一枚红色信号弹，表示已经发现了他们，然后急忙赶回卡洪警卫站发出警报。在站长亨利·丹尼尔斯的指挥下，警卫站的队员拉着装有救生设备的拖车，沿着沙滩往下穿过一道海浪，奔到海岸边，然后穿着裤形救生圈安全地救出了船上的每一个人。那天潮涌浪高，海浪盖过了船身，这种危急关头时英勇、果敢的营救绝非易事。

我是在第二天下午才看到这艘失事渔船的。这是一艘名为罗杰·希基的双桅纵帆船，正从渔场驶往波士顿。据说是罗盘出了问题。科德角的悬崖上有一条通往山下的小路，我在那条小路的顶端看见它倒在向北一英里处的沙地上，那是一艘典型的波士顿渔船，有着红色的船底和黑色的船身，我估计整个船身有一百多英尺长。整体看上去就像一幅美妙绝伦的巨幅画卷。我想人们很难将它忘怀：晴朗的天空下是浩瀚无边的碧海，广阔的深棕色沙滩上笼罩着淡淡的紫色雾气，那艘色彩鲜亮的渔船就孤零零地待在那儿，一些黑色的小人影在它周围走来走去。沙滩早已将它的战利品拆得四分五裂。我一路沿着沙滩向那艘渔船走去，途中看到了一些破碎的木板，一个完整无损的白色舱口盖，还有几捆湿透了的马尼拉硬纸标签，标签上用巨大的黑色字体印着一个渔商的名字。

不一会儿，我迎面碰上了三位韦尔弗利特妇女，她们都是心地善良、和蔼可亲的新英格兰式家庭主妇，每人都在腋下夹着一条用报纸包住的大黑线鳕鱼，三个翻着眼珠的鱼头从报纸卷中伸了出来，后面还露出了三条鱼尾。在"希基"号被撞毁后，现在人们显然正在分送船上的鱼。

来到船只的残骸处后，我发现船舵已经被卷走了，船的肋骨被绞得变了形，接缝处都裂开了。船上的狗被主人抱在怀里被一同救上岸，那是条普通温和的棕毛狗，身上长着可怕的兽疥癣，它浑身哆嗦地坐在沙滩上。几个穿着普通的男人和男孩正围着船身溜达，他们穿着橡皮靴，在船身周围的沙滩上留下了成圈的脚印。另外还有些男人在翘得高高的甲板上慢条斯理地忙活着。我发现自己多年的老友、卡洪警卫站的站长亨利·丹尼尔斯也在船上。他告诉我"希基"号的大部分船员都乘火车回波士顿了，只有两三名船员留了下来；由于渔船受损严重，所以得尽快将它拆开，除了那些值钱的装备，其余的都会被扔弃。

这会儿，人们在船中央某个渔舱的舱口处讨论。"希基"号的收获还在这儿——成堆的浅灰色大鱼：有瞪着眼睛的黑线鳕鱼，有长着鳃须的鳕鱼，还有比目鱼和巨大的檬鲽。他们正在讨论在海水随着激浪涌进"希基"号时，舱内的鱼有没有可能在燃料油中泡了个澡。但没人重视这个事儿，一位船员将这些鱼分发给了到这儿来的人们，事实证明这些鱼的味道还不错。

于是他们拆卸了"罗杰·希基"号，取出了发动机和一些有用的设备，然后在那堆残骸里放了一把火。这个冬季结束后，这艘船连片残骸都没有了。这是第三起沉船事件，后来又接连发生了几起。

随着冬季慢慢临近，我开始期待能有一天见到这片沙滩在冰雪天里的模样，但事实证明这种机会比我所预计的还要渺茫。因为科德角半岛伸入海湾暖流，所以气候温和。这儿的气温也会下降，但几乎从未降得像麻省海岸线内陆地区的气温那么低，也不会有寒潮在此停留一段时间。

内陆的暴风雪到了科德角就变成了暴风雨，即使真迎来了暴风雪，也只会在伊斯特姆湿地上形成一层薄冰。暴风雪过后，积雪在两天内就化成了满是莎草的山丘上的片片白斑；再过一天，便只留下了零零散散的点点残雪。甚至连伊斯特姆内陆的湿地和沙丘之间的气温也有所不同，沙丘上要更加暖和。在某个冬天，我偶然发现它们之间的温差居然达到了八摄氏度。

这片海滩偶尔会迎来低温天气——我的意思是指当气温降到零摄氏度。而这种低温天气往往会突然出现，在一夜之间创造出一个新世界，然后又瞬间消失不见。这种低温天气是由一股西北风引起的，它来自加拿大北部的森林和冰封的湖面，掠过马萨诸塞湾后便来到这儿。

我还记得大风吹来时的那晚，那是一月初某个礼拜四晚上，冬季的云海成片地涌向海面，寒冷的星星在云层中若隐若现，我亲自感受到了海滩上的寒风有多冰冷——我刚走到外面便被迫吸了几口寒风。第二天是我在这片沙滩上所见过的最寒冷凄凉的日子。大海变成了紫黑色，阴沉的海浪在海面上汹涌翻腾，激起层层白沫；在阴沉昏暗的青灰色晨光中，笼罩在大地、海洋和幽静的沙滩上方的紫灰色云层，翻滚着穿过科德角涌向大西洋。为了探索一番，我走下沙丘，抬眼望向海面，只见一艘想要在西北风中寻找庇护所的货船正孤零零地往海岸靠拢：它在波涛汹涌的海面剧烈地颠簸着，每一次颠簸都会激起成吨的浪花，船头和前甲板上结上了一层厚厚的冰。海鸥沿着铁黑色的落潮飞翔着，在混杂、冰冷的光线下，它们那白色羽毛变成了灰白色。

寒夜过后形成了"两个"沙滩，退潮时是欣赏和研究它们的最佳时期。上海滩位于沙丘和夜里形成的高潮线之间；下海滩则由这条高潮线一直延伸到大海中。上海滩的沙丘在结冰后变得硬邦邦的。走在结冰的沙地上会让人觉得心情愉悦，因为结冻后的细小沙砾能给脚底带来踏实感，尽管现在沙滩表层很密实，但就像是在地板上铺上了一层厚实的油地毯，踩起来颇有弹性。沙滩结冰后，一脚踏在隆起的小沙丘上会带来一种诡异古怪的感受。沙子中埋着一些残骸的碎片和一团团海草——它们已经如岩石一般坚不可移。我在那座最大的沙丘底部发现了一只冻僵了的雄性斑头海番鸭（也叫白骨顶），重重地踢了几脚才终于将它取了出来，我把它捡起来，但没发现它身上有什么伤口。低一点的海滩也就是在夜间被海潮覆盖的那片区域，两个海滩的交界处冻得十分坚硬，一路往下通向海浪的那个斜坡虽然也结了冰，但并非完全冻僵。而海浪的边缘处则完全没有结冰。

在这两个一高一低，一个完全冰封、一个只结了一层薄冰的海滩之间，有一片约莫九英尺宽的边界区，一个自然力量相互博弈的无人区。在夜间潮浪最汹涌的时候，大海猛地将边缘处泛着白沫的海浪扔进冰冷的寒夜里，在倾斜的沙滩结出一层层薄冰，捕捉下了大海边缘的模样——海浪形成了一道道弧形，浪尖泛着泡沫。高潮边缘处的海水往往最为汹涌澎湃，但到了这片沙滩上却像是被剥夺了行动力一样动也不动；弧形的边缘，微微卷起的泡沫，吐着长舌的波浪，这一切都如同雪花一样被保留了下来，如同施了魔法一般。海浪的边缘在上部分，其不过是铺在沙滩上的一层薄冰；而下部分有十二到十五英尺厚，像冰块似的插进下方的沙滩里。目之所及，冰带贯穿南北，绵延不绝。

关于这条冰带的后续故事也很有意思。在严寒天气持续了两天后，风向在夜里发生了变化，海潮也在那晚悄悄地抹去了冰块留在沙滩上的痕迹。不过交界处的冰还依稀可见，因为这儿的海水和沙混合在一起结成了厚厚的冰层。很快，上海滩也解冻了，寒冷不动声色地消失于沙滩上。下海滩的冰层会随着每一次涨潮而融化，在落潮又重新结冻，保留着最后一股潮水留下的痕迹。位于这两个沙滩之间的那片海水和沙互相混合的冰层，顶着阳光和整日的冬雨，在此"停留"了两个礼拜。这片冰层有时会突然出现一个断层；沙子会飘落到上面，海潮边缘的海水渗进这片冰层，为了适应各种复杂的自然力量而不断移动的沙滩会将它撕裂开来，可它依然存在。

对于经常到沙滩上来的我们而言，这片海水和沙互相混合的冰层已然变成了一条秘密小道。海岸警卫队的队员都很熟悉这条小路，夜里他们会沿着它巡逻。当我写下这些文字时不禁想到了一件事——有几次在看不到路时，我会一边走一边用沙滩上的棍棒探路，以此来寻找那条秘密小道。阳光和潮水一点一点地瓦解了它的抵抗，小道最终还是消失了，我们用脚步再也搜索不到它了。

在同样一个阴沉寒冷的日子里，宽广的湿地有着别样的荒凉。海水沿着平坦的岛屿边缘结成一圈宽宽的冰层，浅一点儿的河道已被冰冻结了，深一点儿的河道上满是随水流一起涌动的冰块。这一幕呈现出冬季特有的一致性，冰雪将条条水道和座座岛屿连成了一个广阔的冬季平原。

第二天一早——虽是晴天，但天气依旧寒冷——我偶然走到外面看了一会儿湿地。大概在远处一英里半的地方，开阔的河道里有一团黑乎乎的东西，看起来像是一只很少见的大鸟，或许是只离群的大雁？我拿出望远镜，发现那团黑色的物体是个鹿头，它正沿着河道往下游。就在我观望时，刚好听到了远处传来的狗叫声。是一对出来猎食的野狗，它们不知在哪儿发现了这头鹿，便沿着沙丘将它逼进了冰冷的河水里。这头鹿在顺着河道游了一阵后转向河岸，最后爬上了水手舱附近的一个湿地小岛。那是只小雌鹿。

我当时就在想，现在也依然相信，这只雌鹿就是那只我没能见到，但经常在水手舱附近留下蹄印的动物。我想它应该是居住在湿地北岸的松林中，在拂晓时分跑到沙丘这边来了。让我们把话题转回到这只鹿的冒险经历上：我看见它整个下午都站在远处湿地的小岛上，枯萎的海草很高，遮住了它那黄褐色的身体；夜幕降临时它还在那儿，在冰冻的天地间，一只孤立无援的哺乳动物只是一个小小的斑点。它是因为太害怕才不敢回去吗？那夜，潮水涨得格外高，小岛淹没在至少有两英尺高的海水和浮冰下。那头雌鹿会趁着夜色游上岸吗？午夜，我走到外面那片孤寂的世界中，能看见被冰雪覆盖的湿地在星光闪耀的夜空下泛着苍白的光芒，但除了边缘处那朦胧的冰层，雌鹿停留的那座小岛已经完全不见踪影。

翌日一早，我做的第一件事情就是用望远镜搜寻那座小岛，雌鹿还在那儿。

我时常会觉得难以置信，那只纤弱可爱的动物究竟是怎样熬过了那么残酷的一个夜晚？星光暗淡，湿地变得泥泞不堪，冰冷的潮水慢慢盖过它瘦弱的四肢，凛烈的西北风呼啸了一整夜，经历了这一切，它是如何活下来的？上午的时光在延长，太阳从湿地上越升越高。不一会儿海水又开始上涨，我看着它慢慢地涌向那只被困的雌鹿，不知道它能否再次从潮水中逃生。临近正午时，海水可能已经淹到了它的双脚处，它来到小岛的边缘，跳进河水里。湍流的河水中满是冰块和浮冰；小鹿很虚弱，冰块不断地向它压去，重重地撞击着它；它似乎有些困惑，踌躇着游到这儿又游到那儿，然后又停住了，它似乎是被刚刚漂过去的那块大浮冰狠狠地撞了一下，尽管它在游泳时有些不知无措，但它依然在奋力求生。就在我已经认为小鹿无法存活下来时，一场出乎意料的营救开始了。似乎是前一天，我的朋友比尔·埃尔雷德在海岸警卫站的塔上巡视时，碰巧看到了这个故事的开端，然后第二天早上发现那只鹿还站在那片湿地上。这事儿引起所有瑙塞特警卫站队员的关注。看着那个可怜的小家伙在激流中奋力求生，三名队员划着小艇，用船桨推开冰块，将小鹿救上了岸。"当它到了岸上后，已经虚弱得站不起来了，一次又一次地跌倒在地。不过最终它还是站了起来，呆站了一会儿后便走进松林里。"

三

　　我现在要讲述的是二月十九日至二十日从东北方吹来的大风暴。据说这是自一八九八年"波特兰"号的船员在十一月那个狂风大作的夜晚全部遇难后，科德角外海发生的最大的风暴。

　　风暴开始于一个礼拜五的午夜之后，气压表几乎没有预示它的到来。那个礼拜五下午，我沿着沙滩来到瑙塞特海岸警卫站，发现比尔·埃尔雷德正在塔上值班。我请他在半夜经过时把我叫醒。"不用管是否亮着灯，"我说，"无论如何都要进来叫醒我。我可以和你一起到沙滩上。"我经常和警卫队队员一起巡逻，因为我喜欢趁着夜色在沙滩上漫步。

　　午夜刚过，比尔就来到了门口，但我并没有起身穿衣和他去海滩，因为在堆好一堆木柴后我有些累了。于是我坐在床上，靠在快要熄灭的炉火边和他聊了一会儿。在极其寒冷的夜晚，我往往会在炉子里放一根大圆木，希望它能一直燃到早上。但在平常的夜晚，我会任凭柴火慢慢烧成一团灰烬，因为我睡眠很浅，木柴燃烧时发出的轻微声音都能把我吵醒。在尘世之外的大自然里生活会让人的感官变得灵敏，而独居会让人在此基础上变得更加警觉。

比尔紧靠着用砖建造而成的壁炉，胳膊肘支在炉架上；昏暗的夜色里，我勉强看清了穿着一身蓝衣的他。"起风了，"他说，"我猜风暴来自东北方向。"我为自己没有如约起床向他表达了歉意，解释自己实在是累了。闲聊了几句后，比尔表示说他得走了，然后他回到沙滩上。当他走下沙丘时，我看见他那亮着的手电筒。

我一早便被冻雨落在东边窗户上的嗒嗒声吵醒了，室外狂风呼啸。载着冻雨的东北风从波涛汹涌的大海压向科德角，跌落的潮水与直直吹向海岸的暴风互相搏斗；当白色的暴风雨从昏暗的天空中倾泻而下时，原本就冷清荒芜的沙滩显得越发孤寂凄凉。冻雨被狂风刮得像暴雨一样落下来。我生好火，穿上衣服后走到外面，把头缩在衣领下——以免冻雨砸到脸上。我将木柴一筐接一筐地搬进室内，直到房间的角落变得像个柴棚。接着，我叠好被褥，把墨西哥毛毯盖在长沙发上，然后点燃煤油炉，开始准备早餐：一个苹果，一份燕麦粥，一个用壁炉制作的烤面包，一个煮熟的鸡蛋和一杯咖啡。

冻雨越下越大，攻势越来越猛，它们呼啸着从空中降落；我听见了它们击落在屋顶上、墙壁上和玻璃窗上的声音。

房里的炉火正在与扭曲的冷光做抗争。我想到了一艘小渔船，那是一艘三十英尺长的"比目鱼拖船"，昨晚就停在与水手舱相隔约两英里的地方。我试着用望远镜搜寻它的踪迹，但暴风雨让我没办法看到它。

暴风雨滚滚地压向沙丘，呼啸着吹向西边的荒原。湿地中小岛变成了黑褐色，狂风将河水搅成了铅灰色；在这些荒凉小岛的岸边，河水汹涌澎湃，怒号着卷起层层白浪。这一幕既荒凉又冷酷。我这一整天都待在房间里，不停地添添柴火，望望窗外；有时也会出去看看水手舱及其地基是否一切正常，顺便让目光尽可能地透过雨幕，看一看在海上肆虐的风暴。北大西洋离岸约一英里的近海区域里正在发生一起"动乱"——夹着冻雨的狂风猛烈地抽打着，激起了可怕的怒吼声；一排排并行的大海浪一起翻涌着混合成一股奔腾的巨浪。这一英里海域的海浪不停地发出隆隆的怒吼声和唑唑的翻腾声，以及可怕的嘎吱声，而这些声音又和尖锐刺耳的风声交织在一起。从大海深处涌来的拍岸巨浪就像是一个盲目的暴虐之徒。天早早就黑了，我关上了与外头的喧嚣世界相连的朝向大海的窗户，只留下了一扇面朝陆地的小窗。

风暴随着夜晚的到来而变得越发猛烈；现在的风速高达每小时七十到八十英里。后来我才得知，陆地上的朋友都很担心我，他们中有很多人正在寻找从我房里散射出来的灯光。我用的是一盏带着白色灯罩的简易煤油灯，它现在正摆在那扇面朝陆地的窗户前的桌子上。一位老朋友说他看见了或者说以为自己看见了这灯光，只不过几十秒后它便消失在狂风呼啸的黑夜里，接着便好几个小时都不见踪影。但我的小房子里却格外平静。不一会儿，原本在下午有些退落的潮水又再次涌向了海岸。一整个下午，高高的海浪隆隆地拍打着海滩，落潮顶着狂风往后退。潮水随着方向的改变而变得异常汹涌。巨大的涛声和呼啸的风声此时已经融合在一起，从黑夜中复活的大海正在进攻它的老对手——大地，在一股隆隆作响的海浪袭向长长的沙滩堡垒后，它又了甩出另一股海浪。低矮的水手舱建得很牢固，可谓坚如磐石，不过墙壁被狂风刮得嗡嗡作响。我可以感觉到用砖建造的烟囱正在震动，而随着海浪的拍击，房子下面的沙丘也在轻轻地震动着。

在这个狂风大作的夜晚，我关心的是我在瑙塞特警卫站的朋友都在哪儿？谁正在往北边巡逻呢，他要冒着冻雨走上七英里的夜路，之后才能回到警卫站，感受光滑锃亮的火炉所散发出来的温暖。那人其实是比尔，而且因为巨浪拍岸，他只能选择悬崖顶上的那条小路，那是条挨着悬崖边的小道，而且完全暴露在猛烈的狂风中。当我一心为我的朋友担忧时，听到有人敲响了那扇开着的窗户，接着，外头又响起了脚步声和敲门声。开门让客人进来很简单，但再把门关上可是个麻烦事儿。顶着狂风关门就好似抵在某种实实在在的物体上，那就像我正推着门压向一团膨胀的毛毡。来访的客人叫艾伯特·罗宾斯，他是第一个从南边的警卫站过来的人，是一个年轻有力的壮小伙；他满身都是雨水和沙子——头发里、眉毛上、眼角中、耳朵里、耳朵后面、嘴角处，甚至连鼻孔中都有雨水和沙子。他却露出了一个快乐、坚定的微笑。

"想看看你还在这儿没。"他揶揄道，边说边用指关节将沙子从眼睛里揉出来。我连忙给他倒上一杯热咖啡。

"有什么消息吗？有人遇到麻烦了吗？"我问道。

"是的，一条海岸警卫站的巡逻船在海兰附近抛锚了，发动机出故障了，已经从波士顿派了两艘驱逐艇去它那儿了。"

"你是什么时候知道这事儿的？"

"今天下午。"

"还有其他消息吗？"

"没有，电线被刮倒了，我们联系不上卡洪以外的地方。"

"试想一下，如果驱逐艇到不了那儿，他们能有机会活下来吗？"

"唉，只能希望如此。"他说，然后停顿了一下，"但是可能性很低。"接着，他说了句"回见！"便返回到暴风雨里。

我没有上床睡觉，因为我要做好准备，以防发生任何意外。当潮水即将上涨时，我尽可能地穿得暖和些，然后熄掉油灯，走到外面的沙丘上。

两天前是月圆之夜，今夜的新月躲在翻腾的云层后面，苍白的月光洒落在被风暴肆虐的大地和海洋上。冻雨滂沱，不停地在枯草地上激起一种奇怪而可怕的声音，沙砾也被卷到空中。扑面而来的冻雨和沙子像小鞭子一样抽打着脸庞。我从没见过这样的海潮。它穿过沙滩，爬上护堤之间约五英尺高的沙丘，将船只的残骸抛进五六十英尺外的白色草地里；被海水淹没的湿地就像一个巨大的海湾，横在沙丘和海浪形成的巨流之间。在我北边几百码处的地方就有这样一股巨流；而在南边，海浪正企图从侧面冲上沙丘，不过这是一次以失败告终的尝试。在南北两侧的夹攻下，水手舱就像一座建在沙丘上、面向海浪的房子，它不再像以往一样俯视着大海，而是在略高的位置上直视着海面。我偶然看到了一件发生在北边约三分之一英里处的怪事：海水冲走那儿的沙堆，沙丘也随之崩溃坍塌。不一会儿，被冲垮的沙丘中露出了一艘被掩埋已久的古老沉船，它现在只剩下了一团黑色的骨架。在潮水上涨的同时，这艘幽灵船也趁机浮起身子，从沙丘中挣脱出来。接着，它顺着沙丘被冲向了南边。眼前的场景如鬼魅一样让我觉得难以置信：这艘幽灵船离开了自己的坟墓，再次将自己的那把老骨头交给了肆虐的狂风。

当我走在黑夜中时，我想到了那些在湿地中生活的鸟儿。那成群的海鸥、野鸭、大雁，以及它们的对手和盟友——为了躲避这狂风暴雪，它们现在都蜷缩在哪儿呢？

周日，整个上午都在下冻雨——这场风暴带来的冻雨比这一代科德角居民这辈子所见过的冻雨还要多——在下午三四点，风势渐弱，留下了依旧汹涌的大海。我来到瑙塞特警卫站，听到了从海兰传来的坏消息：尽管拼尽全力，驱逐舰还是没能靠近出故障的巡逻船，倒霉的船只最终破成了碎片。据说它是被拖动着撞上了外海的障碍物。九人因此丧命，次日在沙滩上发现了两具尸体；他们的手表停在早上五点，所以我们才知道这艘船经历了一夜的风雨，然后在早上裂成了碎片。可怜的人啊！他们到底经历了怎样一个糟糕的夜晚！

风暴过后留下满目疮痍，到处都是巨大的圆木、树桩、船只的碎片、厚木板、碎裂的横梁、甲板、粗糙的树木，独自漂在海浪中的"希基"号的大船舵，以及裂开的船尾骨。次日，人们乘着大马车，开着福特汽车从伊斯特姆而来。他们望了望大海，与正巧站在身边的人聊了聊这场风暴，然后去了一趟海岸警卫站，接着便漫不经心地收集最好的木材。我瞧见比尔·埃尔雷德在一个被海水冲刷而成的"河道"中，挑选着适合建鸡窝的木板。成群的海鸥在泛着泡沫的海浪上绕圈——在颜色变化最大的海浪处聚集着数目最多的海鸥——这些海鸥不停地在海浪和湿地间来回穿梭。或许，在它们看来，这儿什么都没有发生。

第五章

冬日访客

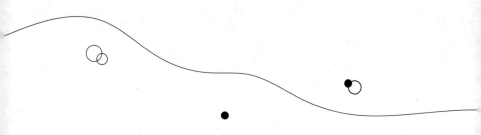

一

　　冬季，辽阔的海滩和沙丘完全成了我的世界，我就像生活在岛上的克鲁索[1]，与世无争地生活在水手舱。人类也像候鸟一样从我生活的自然世界里消失了。诚然，越过湿地，我便能看见高地上伊斯特姆村的房屋，看见驶过的海船和渔船。但是，这些都只是人类的产物而非人类本身。二月中旬，能在水手舱附近看见陌生人散步，那就堪称值得大书特书的大事了。若有人问我，如何在这寒冬腊月里忍受这荒芜之地的孤独。那么，唯一的答案就是，我非常享受在这里的每时每刻，能够观察研究这未受打扰的自然进程——我更愿意用《圣经》中提到的"奇迹"来形容它，对任何人而言都应该是一次虔诚地怀揣

1　克鲁索，丹尼尔·笛福的小说《鲁滨孙漂流记》（1718 年）中的叙述者和主人公。

感恩之情的机会。最终，在这孤寂的寒冬，整个地区都成了我的一方天地，其最深处的自然生命将在无人打扰的情况下，遵循自己古老的轨迹去发展。无人来此杀戮，无人来此探险，甚至无人来此观光。大地、海洋和天空——这海岸的"三位一体"——追逐着各自宏伟而又统一的目标。正如围绕着太阳运行在自己轨道上的行星一样，没有任何外在因素打扰。

一个人过于孤单并非好事，正如人总是流连于人群一样，并非明智之举。不过，离群索居的我鲜有机会去悲天悯人，或是"不理会时间的流逝"。早上起床，我推开房门眺望大海，寂静的夜里，我在独居的小屋引燃火柴，总是有事情要做，有东西要观察，有想法要记录，有对象要研究，还有在心底一隅惦记的事情。大海随着各种天气潮涨潮落，时而笼罩在冬雨中，灰色的海洋显得如此孤单；时而闪烁在阳光下，海水呈现出冰冷的绿色，浮着的大理石花纹般的泡沫不断消融。冬季的海鸟飞落在湿地上，大的成团，小的成伴，有的成群漫步，有的小家庭聚在一起。冬季壮丽的天空横跨海洋，越过沙丘，那寂寥的星星一颗接着一颗，星座一个连着一个。天空之下的世界也该如此美丽动人，否则这幅瑰丽的画面就将一分为二，永远也不会有人能真正地将它紧密地结合成一个让人敬畏的整体。如果我任由自己沉浸在孤独之中，那么最让我感到孤独的夜晚就是从东南方向下来的雨。屋外漆黑、广袤的世界消融在夜雨和迷雾之中。冰雪久不消融的情况已不多见。降雪和寒流过后，这里就会大雾弥漫。浓雾笼罩着湿地和大海，连远处伊斯特姆村的灯火也消失在无尽的黑暗之中。沙丘下是若隐若现的海滩，浓雾中巨浪翻滚，狂风卷起沙砾。这海浪就是用来献祭的庄严牺牲者，迈着沉重、悲怆的步伐，发出低沉、骇人的怒吼，一浪接着一浪地翻滚而来。直到前一个牺牲者的声音消失后，下一个才从幽暗的海水中涌起。唯有一种感觉才能让我想起那消失的人类世界，那就是船舶发出的充满怨气而又忧郁的轰鸣声，借以感知航线到岸边的距离。

当然，我并非与世隔绝。瑙塞特站的海岸护卫者就是我的朋友。无论刮风下雨，他们每晚都会在海滩巡逻，时常来探望我的生活，给我捎来信件，抑或告诉我科德角的新闻。我真心实意地欢迎这样的访客，总是期待着在七点半到八点之间到来的脚步。当谈话者有二十四小时都未曾与人交流时，几句寒暄也是愉快的经历，即使是最简单的话语，甚至是"进来"这样的只言片语，也会让谈话带上一种屏气凝神而又滔滔不绝的奇特而有趣的气氛。有时，无人来访，我便倚着火炉，在寂静的夜晚阅读，查看笔记，猜想是谁在海滩巡逻。

离群索居并非易事，因为人是群居动物。尤其是在青春年少时，强大的本能会抵触这种生活方式，完全与世隔绝会导致心智失常。诚然，我如隐士一样生活着，但是我并没有假装像虔诚的经书和十八世纪的传奇故事中的传统修道士那样。每周，我都会前往奥尔良购买新鲜面包和黄油，经常去警卫站探访，与晚间巡逻的人聊天。或许，一名中世纪的隐者会将我视为生活在闹市的居民。然而，让我赖以生存的并非只有与朋友的来往。我居住在沙丘上，在丰富多彩、从不遮掩的自然生活中过活。我生活在这样的环境中，又被一股称之为生命力的强有力的东西包围，感觉汲取到了一种赖以生存的神秘能量。初春，这股力量有如太阳的热度一样真切。怀疑论者可能会微笑地请我到他的实验室去证明，还会肆意谈起我这个实实在在的人，在完全不受外界影响下隐秘的生活方式，谈论我与世隔绝的生活。但是，我想那些生活于自然之中的人，只要对这种能量敞开心扉，而不是闭关自守，就完全能理解我的意思。生命就如同电能或万有引力一样，是宇宙中的一种力量，生命的存在正好可以维系生命的延续。个体可以摧毁个体，但是如同星星之火可以燎原一样，生命力可以与个体的生命融为一体。

不过，眼下我要谈的是在这个海岸上过冬的鸟和发生在这里的物种交替，以及它们是如何生活的。

一月一个晴朗多风的早晨，我漫步海滩，那里给我的第一印象便是空旷、美丽、孤寂。海滩上的夏鸟已经完全消失。就在我讲述这些内容的当儿，绵延数英里的海滩空空如也，没有一只滩鸟或海鸟，甚至没有一只定居于此的海鸥。我信步走过时，没有燕鸥从沙丘上朝我冲过来，斥责我闯入它们远古、广袤的私人领地。当我靠近时，滨鹬不会飞起来，在海浪上空盘旋，然后再次降落在前方几百码的地方。这片海滩上的夏季留鸟和秋季候鸟，如滨鹬、鸻、黄足鹬、矶鹬和三趾滨鹬，全都随着太阳迁移去了南方。现在，从南卡罗来纳州和北卡罗来纳州的南部到巴塔哥尼亚地区，这些鸟随处可见。人们熟悉的三趾滨鹬——其学名为"Crocethia alba"，在这里逗留的时间出奇地长。十月，它们的数量几乎和八月一样多；到了十一月，依然可以看到许多三趾滨鹬；但是到了十二月，鸟群就变得稀少了，只剩下一些离群和受伤的鸟。

新年那天，我在荒凉的海滩上漫步，一小群翻石鹬见我靠近，受惊飞了起来，沿着面对沙丘的海面向南飞去。我将永远记住这一幕，它的色彩是我在自然界中所见过的最绚丽的画面。因为这种比半蹼滨鹬稍大一点的鸟，是由黑、白和鲜艳的栗红色三种主色构成。这种鸟飞翔时，会展现出色彩斑斓的颜色。它们身后是巨大的沙丘，远处狭长的沙滩呈现出冰冷的银色，上面有一抹海岸折射出的淡紫色光彩，格外鲜活。

我看见这些漂亮的鸟儿朝我前方辽阔的海域飞去时，这才意识到人们很少书写或谈及北大西洋鸟类的美。我们有很多关于它们的书籍，也有很多把它们当作鸟类来珍爱的善心人，却缺少赞扬它们美好特征的文字资料，也鲜有人讨论。正如我们从鸳鸯这种艳丽而又不幸的小生灵上获得的那种美感，让人永远都无法抗拒。翻石鹬也是一种可爱的小鸟，另外还有白额燕鸥，王绒鸭也是一种十分高贵的动物，还有很多漂亮的鸟儿都值得我们去关注和评鉴。当我看见翻石鹬飞走时，脑海里闪现出另外一种想法——人只有在欣赏了飞行中的鸟后，才能真正了解它。自从我来到沙丘，在飞鸟壮观的世界中消磨时光后，我相信，一只有生命的鸟收拢羽翼和展翅高飞时有着天壤之别，好比一只有生命的鸟和这只鸟的标本一样。某些情况下，飞翔的鸟和休憩的鸟天差地别，会让人以为看见的是两种不同的物种。鸟儿在飞翔时所展现出来的不只是它新旧色彩的组合，同时还会展现它的个性。你可以随意观察驻足在地面的鸟儿，不过，一旦你观察研究了它们的美后，便可大胆地拍拍手，把它们送上天空。鸟儿不会真的惊慌失措，很快便会原谅你。尽情欣赏鸟儿展翅高飞的样子吧！

　　潮水退去，海浪顺着退落的潮水轻轻卷起泡沫。有细足轻翼的鸟，有勤劳的涉禽，有的鸟正忙着觅食，有的鸟在四处乱跑，有的疾走如风，眼下，都飞走了。随着太阳一路向南飞去，顺着阳光明媚的海滩，飞过宽广的海湾，沿着陆地的边缘随太阳向南。天知道，在它们的小脑袋里涌动着什么古老的神话，又是什么古老的天性在它们的脉搏中觉醒了。一想到这些飞往热带地区的鸟，我便记起那个沿着中美洲热带海滩漫步的夜晚。那是一个深夜，海滩上空无一人，温暖的海风徐徐吹拂过来，那声音如同雨水淅淅沥沥地掉落在棕榈树上发出的声响。海面上，一轮圆圆的皓月穿行于海风之中，月光如水般地洒在绿色的海浪上。突然间，海滩上不知从哪里飞起来一群小鸟，它们随风盘旋飞翔，险些跌落下来，而后完全消失在汹涌的海浪之中，那一幕景象是何等壮观。我此刻在想，小鸟，你们是否恰巧就是科德角的滨鹬啊！

不过现在，让我们再聊一聊前面章节提到的北大西洋，聊聊伊斯特姆的沙丘和物种的交替。随着较小的鸟向南飞往热带地区，来自北极的鸟也同样受到退潮时节的影响，有了迁移的冲动，沿着新英格兰海岸向南迁徙。在辽阔、荒凉的科德角，它们发现了一片跟佛罗里达相当的地区。这些鸟是北极的海鸭，大多体形庞大、笨重，强壮有力。所有海鸭都能忍受冰冷的海水和天气，全都包裹着一层厚厚的防水羽毛，好比穿着一件羽绒皮衣。这些海鸭属于海鸭亚科，都是来自最遥远的海域。不过，这里还有其他来自北极的访客，有海雀、海鸦，甚至还有海鸽。这些鸟类最喜欢科德角的南部地区，那里有暖流拍打着南部辽阔的浅滩。有三种"海番鸭"与我为邻，它们通常被误称为"白骨顶"，包括黑翅海番鸭、白翅海番鸭和斑头海番鸭。我的邻居还有斑背潜鸭或蓝嘴鸭、钻水鸭、短嘴鸭、绒鸭和王绒鸭，等等。在白人来到科德角之前，来这片地区过冬的外海鸟类的数量大概要比夏候鸟还要多，但是现在，唉！由于手持猎枪的捕猎者以此为乐，让冬候鸟日渐减少，有些甚至已经灭绝，真是可惜！如今，夏鸟的数量超过了它们同族的冬鸟数量。

此外，如今还出现了一种新的危险，会威胁海上的鸟。那是一种无法处理的原油残渣，被炼油者称之为"污油"的东西。原油分馏后它们被留在蒸馏器中，随后被注入向南行驶的油轮中，在近海处排空。这种可怕的污染物漂浮在大片海域上，鸟类落在上面时，羽毛就会沾上污油。一旦沾上，必死无疑。至于它们是如何死亡的，这个问题一直悬而未决。有些死于寒冷，因为黏糊糊的污油让厚厚的北极鸟羽毛缠结在一起，让包裹着重要器官的皮肤暴露在空气中。还有一些鸟死于饥饿。瑙塞特海岸警卫队队长乔治·尼克松告诉我，他曾看见一只沾满油污的绒鸭试图从莫诺莫伊半岛潜入水里觅食，但却无法跳入水中。让我高兴的是，现在情况已经有所好转。五年前，莫诺莫伊半岛的海岸上布满了成百上千只海鸟的尸体。那是因为当这些海鸟经过这个海岸时，油轮将污油排进了这片水域，而这里正是它们栖息的地方。如今，污油只是个别恶劣人员的偶然行为。但是，我们还是希望所有的污染都能尽快消失。

我的海滩空无一物，而远处的海洋则并非如此。在海岸警卫站和瑙塞特灯塔之间，很多斑头海番鸭正在那里过冬。本地人之所以给它起这个名字，是因为雄鸟乌黑发亮的脑袋上，前额和后颈都点缀着白色的斑点。海岸警卫队队员说这附近有浅滩和贝类，但这些鸟索性落在海面上，毫不在意底下翻滚的海浪，随着波涛上下起伏。有时，一只鸟会从即将涌来的浪头中潜进去，然后悠闲地从另一边钻出来；有时，一只鸟会站在海水里，拍打着翅膀，然后漫不经心地停下来。这群鸟有三十来只。在梭罗时代，这些斑头海番鸭成群而行，在科德角的外海排成一行。如今，这么大的阵仗虽然没有什么稀奇的，但也只是偶尔才能看见。

我站在房门前，看着这些冬鸟在海面上飞来飞去。时而飞过成百只一群的长尾鸭，时而飞过一伙海番鸭，时而飞来一对绒鸭，正好落在水手舱前方的海面上休憩。

实际上，这些鸟在冬季从来不会来到岸上。它们在海上觅食、睡觉、生活、相聚。要是你在海滩上看见一只海鸭，那它准是遇到了麻烦。所以，我从尼克松队长那里了解到的一种说法是，唯一能让我观察这群冬鸟的方法就是拥有一个好的望远镜，或是捕获一只遇到麻烦前来海滩避难的鸟做样本。所有这些生物一旦上岸就将陷入困境，很难再飞上天空。海雀笨拙地跳啊，跳啊，实际上根本无法展翅飞翔。你漫步沙滩看见一只鸟独自停留在沙地上，绝对是件让人激动的事情。它是一只什么类型的鸟？什么原因让它来到岸上？我能抓住它，仔细对它进行一番观察吗？我的主要策略就是阻止鸟返回水中，所以要在鸟和海浪之间迅速移动——因为一旦它们看见、听见或感觉到我时，立刻就会顺着斜坡奔向海浪。我很快就意识到，世界上所有的策略和耐心的跟踪都比不上一次敏捷的反击。于是，一场激烈的追逐战开始了。受到惊吓的鸟四处逃散，逐渐被我驱向沙丘，直至将它们逼入海滩和沙墙之间的角落。

　　我的第一个俘虏是三只不幸的小海雀。在从北极过来的路上，它们沾上了油污。这是一种黑褐色和白色相间的怪异小鸟，大小和企鹅差不多。它们那双奇特的小脚支撑着，面朝我站着，拍打着弯曲的羽翼，看起来就像是企鹅。在科德角，这些海雀被称为"松矶鹬"——这个名字源于这种生物强壮结实的身体——或者被称为"小海鸟"。我一直将其称为"小海雀"。在水手舱，我给它们留出一块宽敞的角落，地上铺着报纸，并用木板和椅子围成墙。我试着帮它们清除油污，给它们找些海洋里的食物。但是，一切都是徒劳，它们拒绝进食。当我发现自己无法帮助它们时，就立刻将它们放了。大自然会用自己的方式，完美地解决这个问题。

它们属于潜鸟，站立的时候几乎是垂直的，试图用后面的小腿行走。它们就像是杂技演员一样倒立着，试图用肘部和爪尖之间的肢体急速逃跑。当海滩上的这些小鸟试图避开我时，会将翅膀和爪子并用。跑动中的它们，用翅膀划动着沙子。"划动"这个词准确地描述了这一动作。此外，它们会在空白的沙地上留下了美丽的印记——一串有蹼的小脚印和每次拍打翅膀留下的沙痕。这些来自遥远北极的小海雀，不是像进化得更完善的鸟那样能在海面上飞翔；只会沿着浪头掠过水面，它们总是出现在遥远的海面上，甚至看不见陆地的地方。

有天夜里，我曾捕获了一只小海雀。当时，我正向北走在沙滩上，去见一位从瑙塞特来南部的警卫队员。当我用探照灯去看是哪位海岸救生员时，瞧见一只小海雀朝我走来。它沿着海浪拍打着翅膀，上面沾满了闪亮的燃油。这个陌生的小生命在神秘、浩瀚的大海边缘挣扎！我将它拾起来，它抗争了一下便安静了下来。我把它带回了水手舱。这只鸟如此渺小，我用一只手就能抓住它。当我握着它时，它的脚掌落在我的手心里，头和脖子从拇指和食指的缝隙中探了出去。它在水手舱里张开喙，发出"吱吱"的声音（不用象声词是无法描述那个动作的），短小的脖子变得格外长。它望着我，眼睛里流露出"一切都好，但是前途未卜"的表情。它时不时还会严肃地眨一眨眼，露出眼睑上精美的褐色羽毛。我把它独自留在了角落里。我躺在床上时，它终于没再试图用它那尖尖的雀嘴清理油污，而是站在阴暗的角落里，面朝墙角，活像学校里被罚站的顽皮小男孩。第二天早上，在它不懈的祈求下，我放了它。

　　我还发现过一只刀嘴海雀。不过，我将它逼入绝境才得以观察它，它一动不动地站着，用张开的喙来威胁我。然后，我放了它。我还用同样的方法观察过一只大贼鸥。如果我想要，还能拥有一只绒鸭。因为一天夜里，瑙塞特最优秀的海岸救生员阿尔文·纽科姆在北部巡逻时，捕获了一只雄性绒鸭。然而，绒鸭是一种体形巨大的鸟，我可不准备将水手舱变成一个海鸟饲养园。于是，这只绒鸭在瑙塞特漫不经心地收听了一会儿广播后，就在当天晚上返回了北大西洋。我还偶遇过一只稀有的鸟类。就在东北的狂风刮来的第一天中午,我行走在雨夹雪之中,这时,我发现在河口有一只海鸥的躯体。这只鸟刚刚死去,因为我拾起它时,它的身体还是软的,捧在手心还能感觉到它精疲力尽的身体残留的余温。这是只十分稀有的海雀,是一种几乎要被人们从现有物种中剔除的尖嘴鸟。显然,它被狂风困住了,在遭到长达数小时的拍打后死去。风暴过后,我曾试图再次寻找这只鸟,但是潮水和狂风席卷了河口,所到之处,沙砾和残骸一片狼藉。

这些海鸟以捕捉小鱼为生,还会在浅滩啄食贝类,吃某些海生物。有些海鸟会喜欢吃当地的贻贝。除了气候极端恶劣的冬季,这些鸟都生活无忧。很多鸟会逗留很久,通常到五月临近时,海番鸭才在首领的率领下,排成长长的队列向北飞行。这就是科德角的海禽鸟类迁徙的历史。我还要讲一讲湿地上的留鸟和候鸟。

二

大概在十二月中旬,我开始观赏由海鸟和沙丘西部地区的陆鸟上演的一出有趣的角色交换游戏。高地上的食物变得紧缺时，乌鸦、山齿鹑和椋鸟便开始到海上和盐草地上觅食，而海鸥则开始探索荒原，停在内陆的松树枝头上。曾有一只聪明的老海鸥在一大片湿地的西部边缘发现了乔·科布先生的鸡舍，在那里找到了美味佳肴。每天早晨，它都会离开鸟群，飞过冰冷的潮水，与母鸡为伍。它在那里觅食，就像院子里的家禽一样啄食谷物来充饥。我怀疑海鸥是否都曾这样。这只海鸥在连续几个冬季到访这个鸡舍后，于一个春天消失了，从此再未见过它。它想必是已经寿终正寝了吧。

此刻，让我吃惊的是，我们对于野生动物的寿命知之甚少。唯有动物寿命奇长或奇短时，才能引起人们注意。当我翻开任何一本关于鸟类的优秀著作时，都能找到有关鸟类身体和习性最为详尽的描述，然而关于它们可能的寿命却没有记载。人们很难获取这方面的材料，甚至可能连这个想法也显得荒唐。但有时人们还是希望被忽视的动物生存寿命问题能引起更多关注。

夏季，我从未在湿地上见过椋鸟，而此时正值冬季，它们离开海岸警卫站旁的高地，沿着沙丘出去冒险。这些勇于探险的鸟群非常罕见。我曾看见这些鸟飞过盐草地，看见它们落在狩猎营地的屋梁上，但是我从未在外海的沙滩上遇见它们。而乌鸦则不然，它们对任何感兴趣的东西都充满好奇，会去探索一番。夏季，我曾在海滩上见过它们四五次，绝大多数时间都是在清晨。

十月一个温暖的下午，我偶然向湿地望去时，目睹了一场两只海鸥和一只小乌鸦之间的战斗。它们只是为了争夺这只小乌鸦从浅滩上衔来的一点海生食物。海鸥扇动着巨大的银色羽翼，落下来将乌鸦围住，而乌鸦则像是某幅古老版画中天堂战役里的小恶魔，它们争夺的场面可真够激烈的。最后，一只海鸥叼走了让人垂涎三尺的美味，飞了一会儿后将它狼吞虎咽地吃掉了。只留下乌鸦和另一只海鸥宛如老歌里唱到的奶牛一样独自"纳闷"。现在，冬季和艰难的环境让乌鸦有点儿像海滩上的流浪汉。要是碰上好天气，这种鸟会飞到海浪平缓的沙滩上，小心翼翼地觅食。一旦它们发现入侵者而无法独占这片海滩，便会立刻返回高地。后来的这群海鸥也会将鸣叫的乌鸦赶回家，它们巨大的黑色翅膀在海风中拍打着。即使是在这片辽阔孤寂的海滩上，乌鸦仍然是最警觉的动物。如果我想看看它们正在做什么，就得小心翼翼地靠近，比起那些漫不经心的海鸟，你得小心十倍。我必须蹑手蹑脚地通过沙丘上的沟渠和溪谷，缓慢地穿过导致身体里的暖意和活力逐渐消失的冰冷沙地。我时常看见它们正在认真啄食一条一两天前被海浪抛到沙滩上的鱼。

有时，一群角百灵会飞过沙丘，落在沙滩上的背风处和午后沙坝的阴影处。它们飞得很低，整个鸟群随着山丘和山谷的起伏上下飞舞，这群飞翔的鸟看起来活像是一幅壮观有趣的过山车画面。一旦在沙丘面海的方向落下脚，这些鸟就会一直待在沙滩上，似乎从来不会冒险靠近大海。

冬季，我最常遇见的鸟可能就是这种同类的角百灵。每到这个季节，就会有数以千计的角百灵飞到这里。它们密密麻麻地聚集着，只要我走到沙丘后面，这群警惕的褐色角百灵准会仓皇逃窜。它们的王国坐落在沙丘西面盐草地和混杂着湿地的地方。这片区域在沙丘和奔流的小溪中间延伸开来，大致与沙洲平行。十月和十一月，这些来自格陵兰和拉布拉多的鸟就能抵达伊斯特姆的草地，整个漫长的冬季都在这片粗硬的干草地上觅食、飞舞。它们惊慌失措地从草地上掠过时发出略显伤感的"扑哧，扑哧"声，这也是它们在这里被惊扰时发出的唯一的声音。不过，据说在春天的拉布拉多，它们进入繁殖期时会卖弄起有趣的歌喉。

在冬日一个恬静舒适的下午，我穿过草地返回水手舱，手里挂着拐杖，背着装有很多杂物的背包。由于前一天的西北风，下了一场阵雪，让干草地和湿地上留下斑斑雪迹。沙丘上，尖细的滨草弯曲着缠成杯形，从地上托起一团团的雪，冬季的沙丘上时常能见到这种小风景。这种带着日本画特征的精致景色常会引得我驻足欣赏。天空湛蓝，荒原则呈现出一种清冷的蓝色，越过天空向南延伸，一条白色的云带弥漫在荒原的边际之上。偶尔，我会在前方的薄雪上看见一个黑色的圆点，那是被丢弃的马蹄蟹壳，薄壳上的雪已经融化。一群警觉的角百灵藏在老旧的割草机下，倏地蹿了出来，振翅飞翔。角百灵向南飞出五十码后，突然落下，消失在草丛中。一小群山齿鹑偶然闯入这片草丛，略显警觉的它们犹犹豫豫地看着我经过这里，然后继续觅食。从湿地向西边，我都能听见各种海鸥的叫声，有喵喵的叫声、呼喊声，还有一种几乎是喉咙发出的怪异声。下午，蓝色的阴影冰冷地笼罩着沙丘的沟渠，空气中弥漫着大海美妙的味道。

落潮之际，银鸥正在浅滩和砾石岸上觅食。我透过望远镜观望，它们就像内陆农场里的家禽一样无忧无虑，就连它们聚集在一起叽叽喳喳的样子也像极了家禽。科德角的海鸥实际上都属于同一个种群，因为虽然不同的海鸥都栖息于各自的海湾和湿地上，但是，似乎这群鸟一听到有新的食物源，便会整齐划一地前去赴宴。它们已经习惯了与人相处，一点儿也不害怕，会跟着人的脚步伺机觅食。我曾见过这种巨大的鸟绕着打捞蚌蛤的人飞舞，这些人就像朝小猫扔碎肉一样把开裂的蚌蛤丢给它们。在缺少食物的季节，打捞蚌蛤的人刚听见身后传来一阵拍打声，就会发现一只海鸥已经从他的桶里叼走了一只蚌蛤。这些鸟也会跟着捕鳝者。在伊斯特姆盐池的冰面上，你可能会看见两只海鸥争夺一条捕鳝者扔过来的鳝鱼。一只海鸥咬着鳝鱼的尾，另一只咬着它的头，你争我夺，斗得不可开交。在这场原始的搏斗中，胜利永远属于最强壮的海鸥或者最先将食物吞落下肚的那只。

如果我们从容地观察湿地，尤其是留意那些不显眼的小溪和隐秘的池塘，就能发现上百只鸭子。如果还要将它们分门别类简直是不可能的任务，因为这些鸭子非常多疑，会凭借敏锐的直觉选择感到安全的冬季营地自保。毫无疑问，这些鸟绝大部分属于北美黑鸭，是所有冬鸟中最警觉，也是疑心最重的。这些鸭子成天都在湿地和海洋之间的沙丘上空飞来飞去。只见小鸭三三两两地飞向大海，消失在无垠的海洋中。我喜欢在夜幕刚刚降临时在湿地散步，尽量远离那些小溪。这些鸭子听见我的声音时，就会疑神疑鬼地发出嘎嘎的叫声。我听见它们惊慌失措地相互告警，远处的其他鸭群也变得警觉起来。有时，黑暗中会听见挥动翅膀的嗖嗖声。此时此刻，一对"飞翔"的鸭子发出的嗖嗖声是如此的美妙、神秘。这声音是由翅膀发出的，清脆的咝咝声随着鸟儿靠近而增强，远去时，又如同微弱、低吟的哨声一样渐渐消逝。

　　三月的晚上，暮色渐渐消融于黑夜中，阴云或许会布满整个天空，只是在西面云层和地平线的交界处留下一道金色。我独居的沙丘非常寂静。整个大地一片漆黑，黑夜如同一个被举起的浅杯，陷入云层和寂静的肃穆之中。我听见一阵熟悉的声音。当我转向湿地时，看见一群大雁正沿着逐渐消失的金色裂缝飞翔于荒野之上。它们扇动着巨大的翅膀，呈现出一种缓慢而又庄严的美，它们如音乐般清脆的叫声响彻孤寂的大地和黑夜。世间万物还有比这种野性的呼唤更高贵的声音吗？我聆听着这慢慢逝去的声音，直到鸟群消失在黑夜之中。然后，伴随着潮汐的改变，平静的海水发出喋喋不休的声响。不久，我感到一丝寒意袭来，便返回水手舱，给火炉添了些新柴。

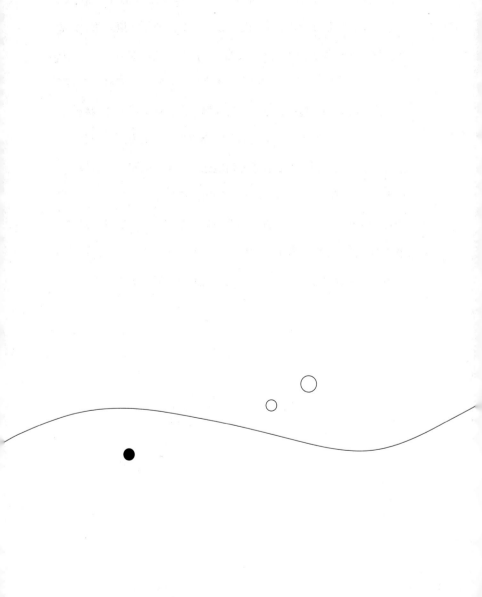

第六章

海滩上的灯火

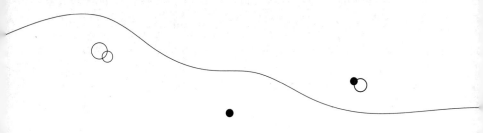

一

　　眼下已是三月中旬，寒风在大地和一轮岿然不动的悬日之间轻轻吹拂。冬渐渐退去，在季节交替之际，这里的广阔天地仿佛一只贝壳，空空如也。但这不仅仅意味着冬季日渐消逝，也不是说还没有夏季的踪影，时节成为另一种真实的存在。冬季已然日渐消退，北方春季的暖流尚未缓缓而至，大地处在一个虚空的阶段，亦幻，亦真。只需一场春雨，一周明媚的阳光，大地便会再次涌动新的生机与活力。

　　这里又发生了一次重大的沉船事件，是今冬的第五次，也是最惨重的一次。上周一早上五点刚过，一艘大型三桅纵帆船"蒙特克莱尔"号在奥尔良触礁搁浅，不到一小时，船身支离破碎，船上五名船员葬身海底。

　　周日整夜狂风大作，海上波涛汹涌。然而，周一黎明时分并没有暴风雨，只是天气阴冷。"蒙特克莱尔"号在哈利法克斯到纽约的途中，遇到了一段艰难的水路。日出时它被困在了奥尔良附近水域，牵拉船桅和风帆的绳索结了冰，船员们筋疲力尽。那艘船已经没办法操控，是那样的无助，摇摇晃晃荡向岸边，不一会儿又被海浪吹向海面，船身因此支离破碎。早上，在滔天巨浪的冲击下，船身不停颠簸、震荡，人们看到在每一次碰撞中，"蒙特克莱尔"号的船桅都在颤动。很快，它的前桅和主桅开始松动，怪异地前后交错摆动，船身前面三分之二的长度被撕裂，用瑙塞特警卫罗素·泰勒的话说，"将船生生撬开了"。船体分崩离析，两根前桅漂向岸边并逐渐分离，一船的新板条从船舱破损的货舱鱼贯而出，涌入海中。七名船员紧紧抓住那块在海浪中漂浮不定的船尾残骸。

这块残骸非常独特，因为船身的纵向和横向是同时裂开的，没有半点拖泥带水。海水从甲板下方涌入，仿佛灌进一只空桶中。残体的桅杆被海浪推向浅滩时，在龙骨上剧烈耸动，时而将船员抛向令人昏厥的高空，时而又将他们甩入海水的激流。两根前桅从甲板上方约二十五英尺处重重落下，只听到"噼啪"一声巨响，后桅的纵帆被生生折断，从残余部分涌出的碎片随着滚滚巨浪四处漂浮。船上那些可怜的人儿伤痕累累，浑身都湿透了，冻得瑟瑟发抖，但又不敢用绳索将自己固定在残骸上，因为船体倾倒时，他们必须腾出手脚在倾斜的甲板上攀爬。

有五名船员抓住了后甲板室的天窗，两个人抓住了船尾的栏杆。海浪中满是板条，向这些落在海水中的船员涌来，沿着海滩堆起一堵参差不齐的古怪屏障。

一个巨大的海浪打了过来，将那五个人尽皆吞没。海滩上的人看到巨浪涌来，大声疾呼。他们也听到了后甲板室上的人在高声呼喊。海浪随即倾泻下来，将那块可怜的残体吞噬殆尽，化作泡沫和碎片卷入激流中。这股巨浪退去之后，后甲板室上的人就不见了踪影。只见一个人头露出水面，不到一分钟又不见了，接着又一个人头向南漂去，再往后，就只能看见一汪海水了。

另外两个人依然紧紧抓着栏杆。一个是十七岁的男孩，另一个是名矮胖敦实的水手。海浪一度将男孩冲离了栏杆，但那个强壮结实的水手伸出手，紧紧抓住他。这时涨潮了，船尾开始向海滩靠近。从瑙塞特警卫站紧急派遣的一支小分队赶到了沙滩，设法靠近幸存者并最终救起了他们。"蒙特克莱尔"号偏偏搁浅在一个被归为"闲置的"警卫站的附近，这意味着，如果没有足够的工作来证明维持该站的必要性，这个海岸警卫队就会被撤销。而驻守这个警卫站的两三名人员，除了能派去紧急救助之外，几乎无事可做。救援人员从瑙塞特警卫站赶来。他们乘坐汽车，绕着伊斯特姆的潟湖和奥尔良海湾行驶，可是海上那原始的悲剧转瞬便结束了。

船体分崩离析后，人们来到海滩上，捡起漂浮过来的板条和他们想要的残骸碎片。之后，那里还举行了一场打捞物品拍卖会。前几天，我看见五六捆"蒙特克莱尔"号上的板条堆在一个谷仓附近。

沉船事件一周后，一个沿着奥尔良海岸散步的人走到了一个僻静的地方。在那里，他看到前方沙滩上伸出一只手，随即在手下面的沙中发现了一具尸体，那便是"蒙特克莱尔"号的遇难船员。

从前甲板下面的水手舱，我可以看到帆船破碎的桅杆。上周日，我走向沉船。船员被冲走的后甲板室的下方（我猜想此处应该是高级船员的住处）一片狼藉：板条、碎木、破烂的镶板、湿透的毯子和水手的衣服乱作一团。我记得还看见质地低劣、廉价的化纤领带。在这些混乱不堪的杂物中，一张湿透的粉色纸片引起了我的注意：那是一本小册子，名叫《假如你出生于二月》。我经常在报摊上看到这种十二册一套的小册子。由于受到海水浸泡，这本小册子原本红色的封面已经和发霉的书页粘在了一起。"这个月出生的人，"我读道，"对家有特殊的感情，"我继续读着，"为了所爱之人，他们甘愿赴汤蹈火。"

人们会猜想：是谁把这东西带上了船？是谁用一双求知的手在那个充满悲剧、混乱无序的船舱内，借着一缕灯光，第一次翻开它的扉页？那个十七岁的男孩不堪惊吓和风浪的冲击，最终还是死了；那名矮胖敦实的水手，那场沉船事件的唯一幸存者，已经继续扬帆出航。"他说他只会干这一行。"一位海岸警卫说。

沉船的残骸静静躺在海浪的边缘，海浪拍打着船尾的突出部位，残骸晃荡着，浪花直冲天际。

二

要想了解这片辽阔的外海滩，欣赏那里的氛围，去感知它，你必须将沉船与大自然上演的戏码视为一幕景观。那些关于惨烈海难的故事与传说，在科德角一带的人们心中已经根深蒂固。老人会跟你讲一讲"杰森"号的故事，讲述它如何在一场冬季的暴风雨中，于帕美特附近海域触礁搁浅，海浪又是如何在午夜的沙滩上，冲击、拍打那个孤独的幸存者的；另外一些人会讲述"卡斯塔尼亚"号的悲剧，讲述在暴风雪遮云蔽日的二月，船上那些被冻僵的人是如何被解救上岸的。到那些小村舍走走看看，或许你坐的那把椅子就是从某次大海难中捡来的，而你跟前的桌子是从另一场大海难中得来的；在你脚边欢快地叫着的那只猫，兴许也是从沉船上救出来的。在沉船事件发生后的那个风平浪静的上午，海岸警卫重新返回"卡斯塔尼亚"号，发现一只灰猫在死去的船长舱室静静地等待他们，一只冰冷的金丝雀在栖木上冻得缩成一团。在驶向岸边的救生艇上，那只金丝雀终究还是冻死了，"从栖木上直直地栽落下来"，但那只猫却活下来并能够繁衍后代，延续生命。

人们时常调侃科德角人对沉船残骸的态度。过去交通不便，与其他任何海岸一样，这里的沉船是无主宝藏，是大海的馈赠；即便到了今天，沉船上有用的物品也容易莫名其妙地不见踪影。这里不存在明目张胆的抢劫；事实上，科德角的公众舆论断然反对这种行为，因为其违背了当地人所秉持的正义和良知的观念。在"蒙特克莱尔"号沉船事件中，众人哄抢板条的情况真的让很多人唏嘘不已。当地人对此类现象深恶痛绝。有人因海难殒身沙滩时，整个科德角都在为之神伤，人们谈之论之，思之虑之；落难者获救时，当地人会以无可比拟的热情来招待他们。科德角人绝非欧洲概念里那种险恶的劫掠失事船者。他们的第一个想法总是营救遇难船员。

四十年前，纵帆船"J·H·伊尔斯"号遭遇一股强劲的东北风，搁浅在伊斯特姆外海的沙洲上。船上满载铁路钢材，船舱灌进了海水，船体泄漏，随即搁浅，停在了外海的沙洲上。冬日的海面风大浪急，"J·H·伊尔斯"号在暴风雪中若隐若现。近岸海域波涛汹涌、势不可挡，救生艇无法靠近被困船只，而它搁浅的位置又离岸太远，就连救生信号枪的枪声也无法传到那里。伊斯特姆所有的男人、女人和小孩都来到了沙滩上。整整一天，村民们和警卫队员都在奋力接近搁浅的船只。但他们力不从心，一次次败退下来。夜幕降临，那个冬日在连绵不断的风雪中步入尾声。他们只能眼睁睁看着"伊尔斯"号在暴风雪中消失，船上垂死挣扎的人依然紧紧抓着桅杆的支索。

那天晚上，为了鼓励那些被困在船上的人，也为了让他们知道自己并未被遗忘，村民们用浮木在沙滩上点起篝火。人们将掺着失事船只陈旧的残骸和薄雪的沙子，撒向随风飘舞的火焰。为了不使篝火熄灭，他们整夜都在添柴。随着日头从东方缓缓爬升上来，人们看到两名船员已经死去，落入了海中。上午十点，风暴有所减弱，一艘海上拖船靠近搁浅船只，冒着风险将幸存者们救了下来。如今，那锈迹斑斑、满目疮痍的船身偶尔会露出水面。夏日，在阳光的照耀下，船身前方外海沙洲原本是黄绿色的海水变成了蓝黑色。

十八世纪的海盗、维多利亚中期的英国富商、捕鲸的双桅帆船、塞勒姆[1]的东印度商船、格洛斯特[2]的渔民以及众多被人遗忘的十九世纪纵帆船——所有过客都在这片海滩留下了破损的桅杆、船帆以及遇难者的尸骨。这种沉船和风暴的历史是如何形成的呢？这是因为外科德角向北大西洋足足延伸了三十英里，而且其一览无余的东部海滩长达五十英里，恰好与新英格兰航海线侧面相接。冬夜，强劲的东北风刮起，大风呼啸着从陆地吹向那绵延上千英里海面，一时间波涛汹涌，灰蒙蒙的一片，所有科德角附近海域的船舶都必须通过那里，否则只能搁浅。天空阴沉，风暴嘶吼，在无休无止的冰雪冲击下，牵拉船桅和风帆的绳索结了冰，冰冻的船帆撕裂开来。突然，船首的离风面隐约传来海浪长长的隆隆声，一瞬间，船身摇晃起来，感觉海浪在转动船的龙骨，紧接着只听得一声震耳欲聋的轰鸣，船就被冲上了沙洲。

搁浅的船只很快就会分崩离析。船只的残骸在沙洲上来

---

1 塞勒姆，美国麻省东北部城市，十八世纪、十九世纪是英格兰主要海运和造船业中心之一。

2 格洛斯特，美国麻省东北部城市，初为海运和渔业中心。

回漂浮碰撞，海浪奔腾着涌入船内，甲板像玻璃似的噼里啪啦裂成碎片，船骨分裂，铁杆像受热的蜡烛一样被折弯。

在大雾弥漫的阴沉天气里，船只容易在这里搁浅。船只搁浅后，海岸警卫队会全部出动，驾驶巡逻艇前往援助，赶在涨潮起浪之前将船上人员救出来。

几天前的一个早上，我沿着海滩走向瑙塞特警卫站的时候，一路紧贴着沙丘壁，想看看风暴过后露出来的沉船残骸。在前甲板下面的水手舱北边，沿着断断续续的一英里海滩，新形成的向海沙丘峭壁，从先前的边缘往西移动了至少二十英尺。经过海浪的冲洗，所有沉没在这片地区的古老残骸，现在都静静地躺在沙滩上，或是从沙壁中绽露出来。由于刚形成不久，那片十二英尺高的峭壁依然很陡，沉船残骸像切片布丁上的水果一样，牢固地填塞在其侧面。在某个地方，一根大约十英尺长的纵帆船桅杆从沙壁伸出来，仿佛碉堡的炮筒；另一个地方，沙子从沉船的船体碎片上渐渐剥落，还有一处露出一个布满斑点、已经发霉的黄色门角。纤细、泛白的沙滩草根须仿佛裸露的神经，在破碎、沙蚀的缝隙中生长。

有些沉船残骸已有数百年历史了。高涨的潮汐将这些残骸带上海滩，不断下移的沙滩和沙丘又将其紧紧攫住；如今，在一艘船断裂的肋骨及其被掩埋的龙骨之间的沙土中，沙滩草长势旺盛。"蒙特克莱尔"号上的板条零星散落在海滩上，在海水的冲刷下渐渐泛白。

海滩向南两英里，瑙塞特海岸警卫站迎风伫立着，那面朝着大海的小小站旗，在永不止息的海风中飘扬。越过沙丘，人们才能望见烟囱、久经日晒雨淋的屋顶以及瞭望塔的塔尖。

三

从莫诺莫伊角[1]到普罗温斯敦的雷斯角[2]整整有五十英里，这里有十二个海岸警卫站日日夜夜守卫着海滩，瞭望着来往船只。除了自然障碍，这条海岸线的守卫没有一点儿间断。

在各警卫站之间，中点便利的地方坐落着一些称为驿站的小屋。海岸警卫服务队拥有并维护着一种特殊的电话系统，它将棚屋、警卫站和灯塔连接在了一起。

每天晚上，当夜色降临到科德角，大海的低鸣回荡在松林和荒原之中，点点灯光开始沿着这五十英里的海滩动起来，有的向南，有的往北，闪烁的灯光透露出孤独又神秘的气息。

---

1 莫诺莫伊角，位于科德角南边的一个海角。
2 普罗温斯敦，位于科德角最北端的一个海角。

灯光实则是在夜间巡逻的科德角海岸警卫队员手中的提灯和手电筒。在风狂雨急的夜晚，大海的低鸣变成了咆哮，海岸线上鲜有人烟，这些随着海浪移动的灯光也被赋予了一种伊丽莎白时代的浪漫和美感，现代的污浊之景无法与之相比。

有时，海平线上会燃起红色火花，那是红色的信号弹，意味着船只已经沉没或者即将沉没。"你离外海的沙洲太近了，"红色火光像是对着三月夜里在倾盆大雨中迷路的货船发出警告，"离开！快离开！"信号弹噼里啪啦地燃烧着，烟雾还没来得及起舞就被风吹散了。海浪滚滚向前，平静如镜的海面卷起了红黑色的旋涡，一种既像朱红色，又似粉色的怪异泡沫翻腾着。雨夜里，在红光闪烁过的远方传来了一声轰鸣，像是在应答船改道了，船上的灯光渐行渐远，哧哧的红色火花燃烧殆尽，弹药筒已空，漆黑的海滩又变成了一块孤寂的沙丘。第二天，夜里的喧闹只是安静地躺在警卫站的日志里："凌晨两点三十六分，一艘货轮驶向外海沙洲附近，发射柯斯顿信号弹，船只鸣笛改道。"

每晚都是如此：科德角的守卫每夜都会在东海滩巡逻。不论寒冬，还是炎夏，他们总是在来回巡逻，时而穿梭于午夜的冻雨和嘶吼的东北风之中；时而沐浴在八月子时后从海面上升起的那轮亘古的月亮宁静而泛着红色的金光中；时而穿行在电闪雷鸣的雨夜之中。无论何时，他们总是孤身一人。不论我起得多早，总能看到海滩上来来往往的脚印，一直延伸到视线的尽头。每天晚上，海滩上都会留下新的脚印，那是他们无畏地为人们服务的证明。

夜间巡逻的路线是从各站点到中间的驿站。若有特定情况，或者在每年的特殊时期，早上的最后一班巡逻会在一个位于海滩制高点的主警卫站结束。警卫在巡逻时会随身携带几样东西：红色信号弹（柯斯顿信号弹）的备用弹药筒、燃放信号弹的把手、一个值班闹钟，警卫必须用一个存放在驿站的特殊钥匙给闹钟上弦。夏天晚上要巡逻两次，冬天三次。天一黑，警卫就要离开站点开始第一班巡逻，第二班巡逻在午夜，第三班巡逻从破晓前一小时开始。平均每一班巡逻大概要走七公里。每个时间段，每个站点的警卫都是独自巡逻，所以夜间巡逻采取南北轮班制。

在风暴和大雾天气里，白天也需要巡逻。如此一来，警卫几乎没什么时间休息，他们必须不分昼夜地出巡，彻夜巡逻后，紧接着又要在严冬恶劣的天气里，用脚步一英里一英里地丈量海滩的长度。正常情况下，白天他们只需在站点的瞭望塔中值班。

当巡逻人员发现沉船，或者在海滩上发现船只可能有危险时，首先会燃放前面提到的柯斯顿信号弹。这样既能向警卫站报警，同时也能告知沉船上的人员：已经有人发现了他们，救援马上就到。如果沉船离站点较近，巡逻人员会回到站点报告，如果离驿站较近，就电话通报警卫站。站点这边，所有人员匆忙行动，警卫队队员和救援设备会在最短的时间内到达海滩，在夜色中迅速赶往沉船点。每一个站点都配有一辆小型拖车，以备在海滩上运输救援设备。

搁浅船只上的船员或乘坐救生船，或被双筒救生圈救起。时机尤为重要。

救生炮，以及火药、绳索、钢缆和轮滑等辅助设备都存放在一辆牢固的两轮货车里，大家管这种车叫"海滩货车"。救生炮里发射的"炮弹"（抛射物）类似一个笨重的铜制窗帘坠，拉出一头套进一根结实的竿子里，竿子大概两英尺长，剩下的部分盘成一圈。

当失事船只在近海的波涛中搁浅时，警卫人员会将被称为"炮弹绳"的细绳的一端套在铜制抛射物的小孔上，然后格外小心地将炮筒瞄准失事船只。炮弹必须要发射到船上人员能够到的地方，同时要特别留心，以免伤及无辜。不出差错的话，炮弹将呼啸着穿过狂风，落到船上，炮弹上的绳子会盘成一团。如果船上的人成功地抓到并且拉拽第一根绳子，救援人员会送出一根更粗的绳子，等到海员拉起第二根绳子（"鞭绳"），岸上人员再放出救生艇、救生圈和钢缆。装备的轮滑和缆绳是为了方便警卫队送出救生圈，并从沉船上拉回来。

等到所有遇难人员安置完毕，警卫队会向失事船只送出一种精巧的仪器，割断钢缆。紧接着，警卫队员收拾好各种装备，留下一人巡逻，其他人员返回站点。

警卫队回到站点后，队员们都穿着黑油布雨衣，救生艇放在货车的支船架上，在前面开路，他们救起的人员步履艰难地穿行在狂风中，拖车的轰鸣声也淹没在了狂风的怒吼中。沉船破旧的残骸堆积在浪尖上，随着海浪涌上海滩。海滩上随处可见饱经风雨的木板、舱口和船员的衣服碎片。杂乱的脚印静静躺在荒凉的海滩上。风还在吹，海浪卷起泡沫。狂风呼啸不止，失事船只孤独地停在近海一英里的海浪里，像是童话故事里被巨人的孩子抛弃的玩具船一样，是那样的孤寂无助。留下值守的警卫队队员在海滩上来来回回地走着，不断搓着戴着手套的手，看着滔天巨浪将沉船吞没，海浪倾泻而下，像瀑布一般向四周倾涌而去……归于大海……纵帆渔船，冻住的索具，岸上的巡逻警卫不停揉搓着冻僵的双手……没错，就是这样一幅景象。

四

我每周会去几次瑙塞特警卫站，一般都是下午晚些时候过去。包裹和邮件都会送到警卫站附近，我偶尔也会去取从伊斯特姆那边来的信。

警卫站坐落于科德角大陆沙丘的起始地段，那是一幢白色的木房子，不高，看起来很舒适，和科德角的居民房一样。警卫站的确和居民房很像。一层有存放救生船的房间，还有厨房兼餐厅、客厅以及指挥室，二层有两间宿舍。西边的宿舍配备一个梯子，可经屋顶的活动门到达瞭望塔。

我居住在瑙塞特警卫站的邻居像是在小船上生活一样。他们需要训练和值班，有服役期（第一期三年），他们有领薪日，有纪律，有制服，也有假期。七点是早餐时间，早上的训练内容由救生艇训练、急救训练和信号灯或旗语训练轮换着来。十一点是午餐时间，瞭望塔值班采取轮班制，中间不间断。下午是休息和娱乐时间。晚餐在下午四点三十分、等到太阳下山，夜幕降临时，海岸线上漫长孤寂的巡逻也随之开始。冬季制服是深蓝色外衣、蓝色法兰绒衬衣；夏季制服是白色大翻领水手服、白色帽子，等等。巡逻员的官方称谓是"海岸警卫队救生员"，根据他们的级别及服役时长，会按照数字分为不同等级。

科德角警卫队是一支优秀的队伍。即使面对最恶劣的天气，即使前方是几乎毫无生还可能的风暴，他们也会不假思索，毫不迟疑地冲进去。房门在他们身后哐当作响，雨雪不停地敲打窗户。科德角古老的大地也在大海的怒吼中颤动着，可他们已经冲上了荒野，在飓风中奋力前行，艰难地走完那可怕的七公里路程。而且警卫队队员从来不把这些困难放在眼里，甚至很少提及，他们只是从柜子里取出黑油布雨衣和胶鞋，借着提灯的光，穿上行头，出发。

我衷心感谢瑙塞特警卫站的伙伴，如果没有他们的热心帮助，如果不是他们的热情好客和始终如一的好心肠，我在海滩上的生活一定会十分孤独和艰难。漫长的冬夜，我开着灯，在自己温馨的房子里度过，沙丘上大风呼啸，警卫们手中的灯光在飞舞的雪花里闪烁着，与人类重聚的时刻，沙滩上短暂的相遇，炉火前简短的交谈，所有的一切永远地留在了笔尖。狂风暴雪肆虐的漫长冬夜里，我总会在窗前放一盏灯，在壁炉前放上一壶咖啡，用小火慢慢煮着。有时我能听到水手舱的小甲板上传来的脚步声，有时则无人造访，那灯光便会孤独地摇曳直至天明。

　　我的邻居大多都是科德角本地人。在科德角出生，也在这里的氛围中长大，就算是从没下过海的人，对大海和扬帆远航也有着与生俱来的喜爱。但是科德角上的这些守卫可不是一群旱鸭子，他们天生就是"冲浪者"。这个名字可真不赖，他们就是大海滩人，从小就见识过各式各样的海浪，大海滩上巨浪的怒吼是他们的摇篮曲，他们继承了当地悠久的传统，对海浪的行踪和手段了如指掌。前面已经描述过，科德角上惊涛拍浪、狂风怒吼的一幕可谓扣人心弦，集刺激、壮观和恐怖于一身。在陆地上的人看来，在这样的风暴中出海简直就是精神失常的行为。这种时候，科德角人经年积累的海浪知识便派上了用场。警卫队队长会选择合适的放舟地点和时间，选择在什么样的浪潮中下水。万事俱备——出发！只见船冲进汹涌的波涛中，队长站在船尾，顶着巨浪掌舵，队员们则全力以赴，摇桨前进。

五

　　我顶着寒风在海滩中走了一段时间后，于下午五点来到瑙塞特警卫站。我将肩膀从背包中解放出来，把海滩用品放在厨房门外小入口处的角落里。风暴过后，海岸上损失惨重，厨房水井里的水也有了一股怪味，站里的人只得去村子里取水。入口的地上放着一个船上的木桶和矿泉水瓶。黄粉色的墙上是各式各样的储藏室门。

四点半开始的晚餐临近结束了，但是我的这群邻居仍然坐在桌旁。我能听见他们还在甲板上聊天，每个人的声音我都很熟悉。我不愿打破古老的礼节，在朋友就餐时打扰他们，于是便在门外等着，过了一会儿才敲响了厨房的门。

请进！我注意到他们仍然坐在厨房那边的长桌上。晚餐已近尾声。昨天有人去钓鱼了，桌上有一个大汤盘，本来装了一盘美味的炖鱼，现在已经差不多吃光了……坐下一起喝杯咖啡吧……好呀，谢谢……接着大家便拉来椅子，给我挪位子，没一会儿，我也坐在了甲板上，吃着警卫队的甜甜圈，用一个钢板材质的白色大咖啡杯喝着咖啡，和大家一起聊着海滩上的事儿。在寒风里走了那么长的路，人们这般热情好客，倒上一杯热气腾腾的咖啡实在叫人心情愉悦。桌子边坐着的都是年轻人，有些才二十出头，还都只是长着大块头的愣头青。瑙塞特警卫站的人员名单大概如下：警卫队队长乔治·B·尼克松，指挥官；阿尔文·纽科姆，冲浪手，一号队员；罗素·泰勒，二号队员；泽纳斯·亚当斯，三号队员；威廉·埃尔德雷奇，四号队员；安德鲁·韦瑟比，五号队员；艾伯特·罗宾斯，六号队员；埃弗雷特·格罗斯，七号队员；马尔科姆·罗宾斯，八号队员；艾芬·查尔克，九号队员；以及其他完成服役或者调离岗位的一些老朋友。他们分别是威尔伯·蔡斯、约翰·布拉德、肯尼斯·杨，还有送我剑鱼剑的英格维·龙格纳。

各个站点的队长在当地都是颇有名望和地位的人。当我第一次到伊斯特姆时，瑙塞特警卫站的队长还是我的好朋友阿尔伯特·H·沃克，他可是冲浪和划船的好手，深受科德角人的尊敬和喜爱。在风风雨雨中管理了瑙塞特警卫站二十六年之后，他于两年前光荣退休，回到了自己在奥尔良湾的家。值得庆幸的是，接管他工作的是一位优秀的年轻军官——来自查塔姆的乔治·B·尼克松。瑙塞特站点的工作十分繁忙，尼克松队长已经为这个站点杰出的历史增添了新的荣誉。

餐桌上的谈话活泼热烈，气氛很好。我慢慢地品着咖啡，听到他们在谈论那天早上大海上一条不知名的大鱼和它看不见的敌人之间的战斗——"就在站点旁边"——大鱼跃出水面，侧腹上有一条十分清晰的大伤口……给，再来杯咖啡……

"不，在大风天气里巡逻可比顶着'沙暴'出巡好多了。不管什么时候，我都情愿顶着东北风巡逻。"

秋季，时常会有一股干燥的狂风光临海滩，卷起堪比撒哈拉沙漠的沙尘暴。三年前，我就曾在这里经历过一场这样的沙尘暴。记忆中，沙尘暴开始的时候，火红的落日变成了朦胧的深胭脂红色，天空中只飘着几缕细散的烟云。像是燃烧过后的天空中酝酿着奇怪的气氛，夜幕降临，刮了一天的强北风由狂烈的沙尘暴接班。沙尘暴换了个方向，径直刮向海滩，势头只增不减。没出半小时，海滩和沙丘上已经是狂风呼啸，尘雾迷蒙，一片飞沙走石，好似一个阿拉伯无人区。沙尘暴在海滩上一路疯狂肆虐，就像是激流奔涌进河道一般，将海滩上所有能移动的物品都卷到风中。霎时间，昏天黑地，石块、木棍、桶箍、旧水果箱、铁环、海滩上的杂草、海浪拍打出的泡沫，以及黑乎乎的不明物体，全都在狂风中飞舞着。我也在顶着沙尘暴向前走，头缩在帆布外套的领子里，眼睛被迎面刮来的沙石刺痛，只得不停地眨着，鼻孔里因为吸的全是沙子又热又干，嘴里也不停地吐出沙子。那天晚上是谁在北边巡逻呢？他走进沙尘暴中，大概低垂的头得偏向一边，举了个牌子放在脸前挡风吧。

　　警卫站里有这样一个故事。以前，有一个警卫队队员在这样的沙尘暴天气里巡逻，身后突然响起了奇怪的呻吟声。他吓了一跳，连忙转过身，眯起眼睛向狂风中望去，看见一个又大又黑的家伙被绑着，一边呻吟一边朝他狂奔。巡逻队员转身就跑，这个东西紧追不放，还时不时地发出鬼哭狼嚎般的吼叫。那名队员跑得上气不接下气，终于瘫倒在地，他抓住一把沙子，喘着粗气说出自己的遗言："要杀要剐，悉听尊便。"过了一会儿，一个巨大的空木桶滚了过去，向着莫诺莫伊半岛的方向，消失在了海滩上。木桶中间偏上位置的塞子开了，每次风灌进洞里，就会发出那种呻吟声，在夜里真是让人毛骨悚然。

今晚第一班去南边巡逻的是谁？马尔科姆·罗宾斯是第一班，接下来是朗，他两点三十分接班。

差不多是收拾餐桌的时候了。大家都将各自的餐具放入洗碗池，当值的厨师添上煤，又聊了一会儿天。厨房有水泵抽水的声音，往洗碗池里放水的声音，还飘散着烟斗的烟草味道。吃饭期间去瞭望塔值班的队员走了进来，一个人坐在清理干净的餐桌旁吃饭。又是一阵锅碗瓢盆撞击的叮当声……还有其他声响。是有人在打篮球吗？还是在听新闻？或是警卫站的即兴表演？在这个早春的下午，空气中尚透着凉意，有人打开了一扇窗。突然间，在片刻出人意料的宁静之中，我听到了寂寥的大海上传来了潮涨潮落时狂怒的吼叫声。

第七章

春季 漫步于 内陆

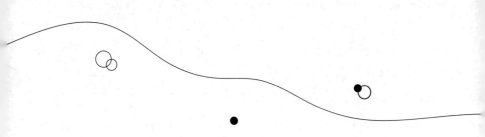

一

　　昨夜才过两点，我就醒了，发现大房间里洒满了四月的月光。夜静谧如水，我甚至能听见手表的嘀嗒声。因再也无法入睡，也不大愿意睡去，我便穿上衣服，走出门外，登上沙丘。每当夜里像这样醒来时，我常常会穿上衣服，悄无声息地出发，开始一段探险的旅行。我的海洋世界还有一点凉，西面吹来的微风徐徐拂过地面，一轮圆月高高地悬挂在晴朗的夜空。退潮时，海浪只是发出轻轻的拍打声。我手持拐杖，穿过海滩，沿着水边好走的路，步履缓慢地朝南走向大沙丘。

　　深夜，我靠近沙丘的阴影地带时，听见从沙丘后面传来一阵隐隐约约的声音，遥远而又尖锐。这种充满野性的音乐声，越来越近，越来越响。似乎过了很长一段时间，从我头顶的某个地方再次传来这种声音，并向遥远的海面飘去。我注视着天空，却一无所获，只听见声音渐渐消失了。未几，我又从沙丘后面到西南方向，再次听见了这美妙、清脆的合鸣声断断续续地传来——原来这是在寂静的月夜下，一群大雁向北飞去时发出的声响。

然后，我登上大沙丘，爬上了沙丘山脉的顶峰。东面山坡笼罩在漆黑的月影中，山顶则耸立于月光下，俯瞰着湿地和大海。河床就像月光照耀下的森林湖泊一样平静，金绿色的月光淡淡地洒在深沉的海面上。我徘徊于此地，直到月光变得暗淡，鸟儿开始鸣唱充满野性的乐曲。因为那天夜里，一条生命之河流淌过天空。在科德角的转弯处，一群飞鸟正匆匆飞过，它们穿过伊斯特姆的湿地和沙丘飞往辽阔的海面。有的三五成群，有的百十为伍；有时，天上空无一物；有时，天空满是喧嚣声，然后慢慢地消失在海面上。我间或听见鸟儿拍打着翅膀的声音，偶尔还能看见它们——鸟群急速飞行着。但是，我还没有来得及看清楚，它们就已经缩小成月夜星空下的一个圆点。

随后是四月的一个清晨，春天的脚步已经来到沙丘，但是冬季凌厉的寒气仍在海洋上空徘徊。日复一日，四月的太阳越发耀眼地照在海平面上，阳光明媚而灿烂，但是这面大西洋的镜子却没有吸收到一丝暖意。一片云彩偶尔遮住了太阳，形成阴影，海洋霎时变回二月的模样。但是，没有一片云彩下的阴影能对沙丘产生同样的效果。在四月的阳光下，高地和朝向陆地的斜坡，在池塘的映照下，披上了一层奇妙、美丽的色彩。这是一种微微有点暗淡的橄榄绿，甚至像是人们在春季的普罗旺斯山腰上所见的那一抹色彩。这种颜色源于苍白的沙粒、发白的青草和新草的叶子急不可耐露出的混合绿。

外海的鸟类包括海蹼鸡、海番鸭、短嘴鸭、钻水鸭、绒鸭、赤颈鸭、海雀和它的同类。实际上，它们都已经离开了科德角，返回北方繁衍的地方。四月十五日后，在科德角已经很难遇见这些海鸟。马尼托巴湖、格陵兰冰冷的山丘和苔原上的杂草堆里都是它们的领地。鸟类在春季迁徙时，飞入这片天空的状态和时间，与秋天来访的鸟类并不一样。受到它们自身急切本能和自然界共同意志的驱使，这些动物无不行色匆匆。相比于南下旅行，此时它们在夜间的飞行更为频繁。

"环颈鸟"，即半蹼鸻，是返回北方时停留此地的第一种鸟。正如我看见的最后一种滨鸟一样，这些最初的孤独冒险家也正是那些迷路离群的鸟儿。四月二日，我看见一只环颈鸟沿着上游海滩跑过；五日，我又遇见了一只迷途的鸟；八日，我惊起了一群环颈鸟，有十二只之多。这样的鸟群我曾多次遇见，还将它们赶上了天空，它们盘旋在海浪上，发出悦耳、哀怨的叫声。这种鸣叫声很像是笛鸰的叫声，只是没有笛鸰那种像长笛般纯粹的音色。

从四月五日开始，一小群鲣鸟在水手舱附近捕鱼。多年来，鲣鸟一直都是我所钟爱的一种鸟。"白色"一词适合用来描述这种鸟的羽翼，因为其羽翼上的主色调遮住了大部分次色调；有些鸟是黄白色的，有些鸟是灰白色的，有些鸟是象牙白色的，还有些鸟的白色中蕴含着玫瑰色。在我看来，鲣鸟所呈现的白色是人在自然界所能发现的最纯粹的白，而且，它羽翼尖端的黑色无与伦比。这种鸟体形巨大——鸟类学家认为它的体长在三十三至四十英寸之间，它扇动翅膀的方式像极了鱼儿挥动自己的鳍。正午时分，看着这些潜水的小生灵，我不由得感叹生命和色彩为碧海蓝天平添了一丝魅力。它们做出了漂亮的俯冲动作。据我判断，水手舱附近的鲣鸟盘旋于海面上四十或五十英尺的空中，并在沙洲的浅滩上捕鱼。它们看见鱼时，会像箭一样从云层中俯冲下来捕食。每只鸟身体的冲击力会让海水溅起一束小小的喷泉。当沙洲上鱼的数量丰富时，这些有生命的铅锤落下、举起、又落下，直到整个"渔场"水花四溅。跟环颈鸟一样，这些鲣鸟也是在北飞的路上，前往繁衍的地方。

三月初，我在奥尔良的朋友肯尼斯·杨用他的福特车给我捎来了很多食品杂货。当我们站在水手舱的门廊处聊天时，我让他注意河道里的鸭子。那天早晨，它们四处奔走，发出异样的噪声。我说："它们肯定不是这么早就开始交配吧。"我的朋友则说："那倒未必，不过它们是在'选择伙伴'"。这些群居的鸟，有很多礼节，求爱的"气氛"一样不少，这个源于老派舞蹈的词语以某种方式很好地描摹出来了。它们会点头哈腰、炫耀、忸怩地靠近、害羞地逃避、满怀期待地追求、没完没了发出哨声似的声音，喵喵、呱呱、嘎嘎声此起彼伏，它们用礼貌的行为掩盖了最初的紧张。

　　在四月的蓝天下，生活在这片辽阔湿地上的生命，比我所知的任何时候都要稀少。西风不再将春天和求爱的声音吹进我的耳朵里。沼泽鸭去寻找它们的池塘和荒凉的湖泊了，云雀飞上天空前往拉布拉多，甚至连银鸥也四散而去。虽然后者的繁殖期要到五月的第一或第二周才开始，不过到了适婚年龄的鸟都已经游荡到了缅因的东部。缅因沿岸有许多大大小小的岛屿，如今它们还和尚普兰[1]来到这片群岛时一样荒凉，来这里繁殖的银鸥不计其数。

1　塞缪尔·德·尚普兰，法国探险家，地理学家，魁北克城的建立者。也是法国同北美贸易，特别是皮毛贸易的开拓者。

沙子已经完全恢复了往常那种松软和流动的状态，但还是透着冬季浅浅的灰色。那里正涌现出金色的暖意，升起的太阳很快就会驱散丝丝寒意。沙草稚嫩的新芽穿过冬季松散的沙地冒了出来，叶子卷成一把把绿色的匕首，大黄的叶柄、叶梢像刺一样尖锐。其他的叶子、其他的穗也从一堆干枯的暗灰色植物中长了出来。这些植物都是去年的叶子，现在变得脆弱不堪，凋落一地，就连浅滩淤泥里的植物也共享着春色。在低潮时，河床上流动的大叶藻又会重新露出一片片湿润、明亮的黄绿色。在春日里，这些色彩成了我的世界的主色调，在四月明媚的太阳里让人赏心悦目。

　　最早从贫瘠的冬季里现身的是哺乳动物——三月，几个温暖的夜晚过后，我在沙丘上发现了臭鼬的足迹。随哺乳动物到来的是归来的候鸟。昆虫还没有什么动静，虽然偶然会有几只不知名的飞虫闯进屋子里。在昆虫的王国里，生命必须从头开始。

　　四月和太阳携手并进，每天，这个圆盘都会向北移动，从昨日的海中跃出，在昨日下沉的地方向北落下。那轮火红的太阳燃烧着、燃烧着，将寒冬消融在火焰中。

二

　　昨日，我花了一整天时间完成了一场思量已久的探险，步行从外海穿过科德角到科德角湾。乌鸦从水手舱飞到西岸的距离大约是四英里半；而顺着公路步行，距离接近七英里半，因为一个人必须沿着大潟湖北部的公路走。昨天天气凉爽，东风吹过荒原，我发现在阴影处和在太阳下一样暖和。

　　我紧紧沿着沙丘面向陆地的边缘朝瑙塞特警卫站走去，看不见也听不见大海。西面斜坡到处都是草和沙，该地区的植物正破土而出，从冬季不断东移的表层漂移物和流沙中露出头来；海滨香豌豆也绽开了绿色的叶子，展开的缝隙里还嵌着碎沙粒；沙丘麒麟草将亮闪闪的沙粒抖落一旁。在焕发着新鲜橄榄绿色的沙丘的衬托下，茂密的海滨李丛林看起来像是永远都漆黑一片，但是，我漫步到这片丛林时，才发现它已经长出一点点绿色的芽尖。

　　我抵达瑙塞特时，看见我的这些海岸警卫队邻居正在晾晒被褥、打扫房屋。安德鲁·韦瑟比从哨塔上向我打招呼，我们开着玩笑，大声寒暄着。随后，我背朝着大海和涨起的潮，沿瑙塞特公路而下。

从瑙塞特到伊斯特姆村的公路，开始的一英里会蜿蜒穿过一片荒凉的地区。这是一处地势起伏、寸草不生的沙质荒原，其中三分之二是沿着悬崖绝壁的边缘，朝内陆延伸了大约一英里。拥有一小片人工绿地的瑙塞特警卫站，位于我的沙丘世界和这四面环海的荒原之间的边界处。海岸警卫队的道路和海岸警卫队低矮、拥挤的电话杆是我与人为邻的唯一迹象。

尽管这里是近乎无人的荒芜之地，但是这个科德角的边陲地带景色却异常美丽，它的神秘和辽阔对我极具吸引力。在警卫站的北面，草已经变得稀薄，看起来缺乏营养，边境的荒原地带铺上了一层厚厚的贫瘠草，因为河道和闪闪发亮的白沙空地而变得色彩斑斓。整个漫长的冬季，这种植物都呈现出一种石板灰色，看上去很像是布料，但是现在它披上了一层最罕见的绿色，甚为可爱。我应该用"灰绿色"来描述它，但是这种色彩又难以言表。它确实是灰绿色，却呈现出无与伦比的光泽，幽深的颜色近似貂皮。整个荒原随着光线的加剧，冬季灰色的沙粒逐渐变成一种柔美的灰白色，闪着银光。湿地变得发白，植物呈现出暗色。依我看，这片荒芜之地在黄昏时分最美。因为落日的余晖消失在天际之前，它那暗褐色的地面已经渐渐被阴影笼罩。那时，一个人可以漫步在昏暗、宁静的大地上，聆听高地下大海隆隆的回响声。

这片光秃秃的荒原西面是瑙塞特公路，向上通往科德角的高地和有人居住的地方。

一八四九年，亨利·梭罗穿过伊斯特姆时，用一把康科德雨伞挡住了一场秋季的瓢泼大雨。他发现这片地区实际上没有树木，居民们都是在沙滩上捡拾柴火。如今，生活在科德角外滩的居民和内陆的居民一样，拥有了属于自己的一小块林地。北美油松在这片向风的沙洲生根发芽，这种树在长岛外的荒原和新泽西的不毛之地很常见。油松毫不起眼，更谈不上漂亮——一位描写树的作家曾用"粗糙杂乱"来形容它。然而，我还是要说，它在这里不仅没有害处，而且还有价值：它提供了柴火，固住了沙土，还为耕地遮阴蔽日。在有利的环境下，油松可以长到四十至五十英尺高；而在这种风沙之地，最年长的油松最多也只能长到二十五至三十英尺高。这种油松的树干是褐色的，同时还略带紫罗兰色。它很少会笔直地长到顶，每三片叶子聚成一簇，干松果有办法可以常年附在枝头。

这片油松林总是火情不断。最近，一场大火在韦尔弗利特烧了四天，似乎一度就要蔓延到城镇。海岸警卫队的队员被派来帮助这里的村民。他们告诉我，看见很多鹿被浓烟和烈火不断逼近的噼啪声吓坏了，在燃烧的树林里到处奔跑。一位被困火场的人跳进了池塘，他刚跳进去就听见附近传来"扑通"一声跳水声，这才发现旁边有一只鹿也在游水。

昨天，这片丛林呈现出铁锈色，因为冬季残留的树叶在春天变得越发稀疏。我驻足观察几棵死气沉沉的树时，一只受到惊吓的大鸟从公路北面的树林中飞了出来。原来是一只沼泽鹰。那只褐色、鲜活的大鸟从枯萎的树顶飞了出来，拍打着翅膀继续飞行，落入了湿地边的丛林里。我很高兴能够看见这种鸟，又能获悉一些关于它的栖息地的线索，因为这种雌鸟每天都会定时到访沙丘。它从湿地北面的内陆某个地区飞来，穿过平原的东北角，沿着沙壁飞行长达五英里到达沙丘。这只褐色的大鸟沿着沙壁一路飞来，在地面十五至二十英尺的地方飞过，那里的春色正在苏醒。它时而盘旋片刻，似乎准备突袭；时而下落，似乎准备捕食。我曾看见它在水手舱西面的窗户旁拍打着翅膀，离我很近，用一根棍子就能碰到它。显然，它正盯着沙鼠，虽然我还未在沙丘上发现沙鼠的足迹。几乎每个天气晴朗的早晨，它都会在十点到十一点之间到来。偶尔，我会看见它在傍晚时分再次来到沙丘觅食。沼泽鹰是一种候鸟，但是有些鸟会在新英格兰南部过冬。我认为这只雌鸟是在瑙塞特的丛林里过冬的。

瑙塞特公路接近伊斯特姆村的地方，向东而去的油松林就落在身后。公路南面的旷野逐渐变宽，变成一片上下起伏的荒原，直到大潟湖的岸边，景色极妙。人们可以瞧见洼地里果树的顶部，还有几间耸立在荒原里的房子，如同搁浅的船。然而，伊斯特姆村本身就有树。因为很多房屋附近都有遮阳树，道路沿线也有。

我对科德角外的所有树都怀有兴趣，因为它们是距离最远的树——树叶间回荡着海浪的轰鸣声，但是我发现自己对其中一类树情有独钟。当你沿着大路向南走时，会遇见一些零零散散的纯正的西部白杨。这种树在东北部地区极为罕见。事实上，这是我在马萨诸塞州唯一能找到的西部白杨。村民们宣称，这些树是由迁往堪萨斯的科德角人在很久以前种植的。他们由于思念家乡的大海，后来又返回了故土。这些树紧靠着路边栽种，尤其是在路的转弯处靠近奥斯汀·科尔先生家的地方，有一片西部白杨长得非常好。在科德角的这个地区，空气中有一种霉菌将阔叶树的树干染成了一种奇特的深橘黄色。昨天，我路过白杨树时，它们已经染上了这种独特的色彩。这种霉菌的繁殖似乎没有任何危害。

在一块纪念伊斯特姆人参加第一次世界大战的巨石纪念碑那里，我向南转入了主干道。不久，我便到达了镇政厅和荒原西面的制高点。我由此离开马路，向东进入荒原，去欣赏伊斯特姆辽阔的湿地和沙丘无与伦比的美景。从荒原面向海的斜坡望去，湿地就像是荒原上一块翠绿色的地毯，四周被高低起伏、光秃秃的黄褐色陆地包围着。从下面的湿地开始，平坦辽阔的岛屿和湿地上蜿蜒的河流一直并行至沙丘黄色的壁垒，直到这处。在远景的尽头，将目光越过沙墙的河谷，便能望见寒冷四月北大西洋的碧海蓝天。这里的海面似乎比湿地要高，驶过的船只时常像是沿着天空驶过低矮的沙丘。沙丘的地平线是一抹淡淡的绿色。在空旷的荒野上，辽阔的两侧已经有点点春色从古茶色的地面上冒了出来。昨日，我没有听见海浪的声音。

这无垠的自然景色真是美不胜收，让我迟迟不愿离开这俯瞰湿地的崖顶。潮水涨到了小溪和河槽里，让留在该地区的海鸥飞离了河岸和浅滩。此刻，高地没有了这展翅飞翔的银色生命。

冬季，有一种鸟会将这片荒原占为己有，这就是英国椋鸟。这种鸟显然是在山丘过冬的。我曾迎着东北风穿过空旷的野外，仅是为了一睹它们在风雪中盘旋的英姿。一群鸟还没来得及落下，另一群鸟已经起飞。这里、那里、远处，到处都有它们的身影。我对这些伊斯特姆的鸟类特别感兴趣，因为这是第一次见识美国的椋鸟恢复其祖传的欧洲生活方式。在欧洲，这种鸟喜欢群聚在一起——这类椋鸟会成千上万地聚集在英国河流的低地。一旦椋鸟在一个地区安定下来，那么那里就将永远成为它们的家园。

伊斯特姆的鸟群是最初从欧洲涌入的吗？现在，在荒原上定居的各种鸟群最后会混为一体，形成一个强大专横的联盟吗？单个的冬季鸟群是由五十到七十五只鸟组成，我想，如果每个离群的鸟都返回聚集点，这些河岸可能将有超过一百只的鸟群。我说的这种混合很有可能发生。此外，该地区的资源已经无法满足这群鸟的需要，我们姑且相信最后一点是真实的。这些黑色鸟群的出现扰乱了整个地区的自然经济，因为它们把所有秋季灌木、植物的种子和浆果都吃得精光。这让我们本地的鸟在春季返回时，没有东西可以食用。

随着春天的到来，这些鸟将成双成对地飞离荒原，返回村庄的谷仓，以及还未开封的夏季别墅的烟囱。

涨潮的时间即将到来，我离开荒原，前往西岸去欣赏所有区域性迁徙中最奇特的景象。

三

大概在五年前，四月初的一个晚上，我碰巧登上了一艘美国海军舰艇，沿海岸从南方营地到纽约。我们的航线远离陆地。那个春夜温暖和煦，朦朦胧胧的天空上繁星点点。我记得曾见过几艘驶往费城的船，闪烁着灯光。一旦这些船舶的灯光模糊继而消失后，这片辽阔、孤寂、宁静、闪着点点星光的大海就完全属于我们了。凌晨一点刚过，我就看见前方的海面上有一片微弱、无形的白光，宛若一片云彩的倒影，同时还能见到起伏不定的神秘红光。我们遇上了迁徙的鱼。随着春天的到来，它们正沿着海岸向北游去。我不知道那天晚上遇见的是哪种鱼，因为在哈特勒斯[1]和科德角之间的确有一片地区蕴含丰富的海洋生物。它们可能是鲱鱼。当我们的船舶靠近游动的鱼群时，鱼群似乎像整体一样在游动。如若被一阵新的震动惊扰，鱼群转向东边，渐渐变得模糊，最后完全消失在夜色中。

1　哈特勒斯，印度北方邦西南部城市。位于阿格拉、阿里格尔与麦土拉之间的运河地区或美国海岬。

每年春天，即使是这种如同海浪般神秘的鱼群穿过海洋迁徙，也会闯入我们这片新英格兰的南部海岸。在殖民地时期，小温思罗普[1]曾就此写道："一种被称为阿罗鲱的鱼出现在这条河里。在土地贫瘠的地方，过去，印第安人常在玉米培土的下面或附近放上两三条前面所说的鱼。这种耕种方法流行于鲱鱼丰富的地区，英国人向他们学习了这种方法。"殖民者的这种"鲱鱼"即我们所熟知的"灰西鲱"，实际上根本不是鲱鱼，而是一种与它有关的鱼，常常被误称为"鲱鱼"。它与真正的海洋鲱鱼的区别是体形更大，腹部中线的锯齿缘比真正的鲱鱼更坚硬、更锋利。事实上，正是因为它的锯齿缘非常锋利，所以这种鱼有时又被称为"锯齿鲱"。四月，它们离开海洋，来到我们的溪流中，在淡水池塘里产卵。

　　马萨诸塞州的韦茅斯有一条著名的小溪，每年我都会争取去一次。我记得去年四月，天气暖和时，这条"鲱鱼"溪自由地流淌着——它宽不足十或十二英尺，深不足一英尺。清澈的溪水呈现褐色，在晨光中悄无声息地泛起阵阵涟漪。鱼儿游了进来，密密麻麻地游入小溪，如同沿着狭窄街道行驶的军队，没有等级之分——只是一路向前游动。这些鱼的数量甚

1　小温思罗普，英国殖民者。马萨诸塞湾殖民地总督温思罗普之子。1633 年被委任为塞布鲁克新殖民地总督。1646 年他建立新伦敦，1657—1676 年任康涅狄格总督。1664 年实现了康涅狄格和纽黑文殖民地的联合。

多，非常密集，我站在水边徒手就能轻易抓住两三条。透过褐色的溪水，我的眼睛能够看见无数泛着淡紫的灰黑色鲱鱼脊背以及露出水面的背鳍。溪水里可以闻到鱼腥味儿。死鱼散落四处，要么搁浅在水边，要么被水流冲到了岩石上。死鱼翻转了身子，毫无生气的眼睛沾着泥，鱼身被岩石擦伤了——在金棕色的鳞片上留下了血红色的擦痕。有时，游动的鱼群似乎是静止的，直到你定睛观看，才能发现每只鱼都在不断地向前游。不计其数的鲱鱼来到了这里。

这些韦茅斯的鲱鱼来自大海，不过天知道它们来自哪片海域。鱼儿游到韦茅斯小溪，被水坝阻挡。渔网将它们捕捞起来，倒进水桶里，用卡车经陆路运到惠特曼池塘。我曾见过它们刚被倒入池塘就顺水游动的场景。它们或许早就计算好了时间，萌生了一种来此一游的"想法"，每只雌鲱鱼会排出六万到十万个黏稠的鱼卵。鱼卵沉入水底，任意依附在泥浆和软泥上，随之漂流。然后，产卵的雌鱼和雄鱼越过大坝，返回大海。出生在池塘的卵将在十个月或一年后去追随它们，然后在下一个春天返回。这真是太神奇了。在深海的某个地方，每只产自韦茅斯的鱼都记得惠特曼池塘，它们无人导航，穿过没有方向的海域来到这里。是什么唤醒了一个个冷冰冰的脑袋？当一轮新的太阳照耀在汇成大海的河流上，是什么在召唤它们？

这些动物是如何找到航线的？鸟可以凭借风景、河流和海角来识路，鱼又依靠什么？但这些鱼不久便来到了韦茅斯，随着春天上涨的溪水游入世代出生的池塘。

有些鱼记得惠特曼池塘，有些鱼则记得科德角的池塘。在伊斯特姆的地图上，到处都是"鲱鱼"塘和"鲱鱼"溪。

去往海湾的路始于镇政厅，途经一个仍然保留了磨床的老式风车。许久以前，我曾进去看过里面落满灰尘的斜槽、空荡荡的箱子，以及放在古色古香的木架上、似干酪盒一般的磨石。洋槐树环绕着风车，北美歌雀栖息在很多年都没有转动的风车叶上。我踩在落满灰尘的地板上时，听见一只歌雀求偶的歌声穿过破裂的窗户传了进来。走过磨坊，这条路经过一片稀稀拉拉的房屋，穿过铁道，从伊斯特姆的池塘蜿蜒而过后，便来到了一片空旷的沙地和延伸至海湾的油松林。

因为科德角外海湾的边缘比防波堤还要低，此处自然是下坡。路的北面，只是在沙地的尽头处有一个河岸。站在海滩边，我的耳朵早已习惯了海水的咆哮声和烈烈的海风声，这宁静的海湾倒让我感到格外陌生。这里没有海浪，甚至连湖水般的涟漪也未曾见过；岸边长满了水草，随着水波来回摆动；四十英里外，蓝色海水那边是蓝色的大地，耸立着很多如孤岛一般的地方，是普利茅斯林地和萨加莫尔高地。几只鸭子在一英里外的海上觅食。就在我观看的当儿，一只孤独的公鸭从我右边开阔的湿地飞起，跟它们会合了。

宁静的海湾，微风轻拂平原，冬季的杂草，温暖闪耀的太阳，孤独的鸟儿——给人一种新老交替的感觉，生命的循环，唯有那轮光芒万丈的太阳在天空往复移动。

我沿着湖滨走到"鲱鱼"溪的河口。这条溪流只不过是一条被堵住的溪谷，清澈的溪水流过空旷的沙草地，注入大海。到达海滨后，水从海滩上溢出来，缓缓地流进海湾。低潮盖过潺潺的溪水，将它淹没。高潮涌上海滩，流入一个池塘。这个池塘形成于杂草丛生的堤坝后的河口处。昨天，低潮在我来到之前就开始退潮了，水位还没有触及坝壁的边沿。在堤坝和每日高潮时的水位线之间，有一片二十英尺的缓冲海滩，上面是从坝壁渗过来的水流过的痕迹。我朝池塘望去，看见鲱鱼已经游进来了。因为在水草底部，躺着一条死鱼，金色的鱼身上淤积着细细的泥沙。

当我偶然望向海湾时，看见一小群"鲱鱼"刚刚从溪口游出来，距离潮水边缘不足十五英尺。这群鱼大概有五十条，或是一百条。鱼鳍偶然会划破平静的水面。受阻于大自然生成的堤坝，令伊斯特姆溪水里的"鲱鱼"无法游入它们出生的池塘。我站在那里，看着这些被困的动物，时而挤成一团，看似安静地沉在深水处；时而聚在一起，在潮水最浅的边缘躁动不安。我开始思考大自然向世界各地散播生命的渴望，渴望让生命充满这个星球，渴望让大地、天空和海洋都聚集着生命。大自然奋力地将生命注入一切空荡荡的角落、注入一切被遗忘和隐蔽的地方，将生命注入死亡，将生命注入生命本身。大自然唤醒生命的热情是那样的强大、剧烈、永恒、炙热！她所有的创造物，甚至是这些受到阻挠的生命，都将忍受怎样的艰难困苦、饥寒交迫，经历怎样伤痕累累的厮杀才能完成大地的旨意？又有何种人类有意识的决心能够和它们非人类的、集体的意志相匹敌，来让自我生命屈服于生命宇宙的意志？

潮水退去，浅滩很快就显露了出来，这些"鲱鱼"也像镜子里的影像一样消失了。我说不清它们何时游走的，或是怎样游走的。

傍晚，我返回了外海滩，发现冰冷的翠绿色大海上满是白色的浪花。起风了，大片残云向东方涌动，这股来自北方的气流带来了一阵新的暖意。

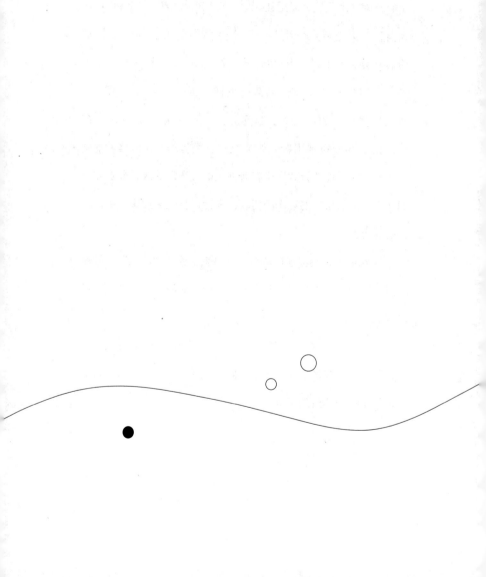

第八章

大海滩之夜

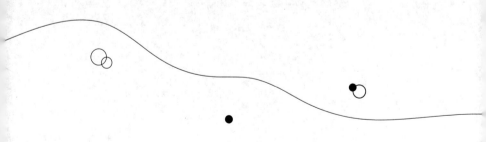

一

　　我们了不起的人类文明已经和自然界的很多方面失去了
联系，其中断得最彻底的莫过于黑夜。原始人聚集在洞口，围
着火堆来抵御对黑夜的恐惧；更确切地说，他们恐惧的是被黑
夜赋予力量的能量和生物。机器时代的我们，不再对黑暗的敌
人感到恐惧的同时，也失去了对黑夜本身的喜好。由于灯光越
来越多，迫使我们将神圣、美丽的黑夜驱赶到森林和海洋；就
连小乡村和十字路口也没有了黑夜。

　　莫非现代人害怕黑夜？害怕那广袤无垠的宁静、浩瀚空
间的神秘和繁星闪烁的朴实？他们会让自己沉迷于权力至上的
人类文明里，会在黑夜里担心自己愚昧的顺从和信仰的模式
吗？无论答案是什么，现今的文明世界里充斥着对黑夜的诗情
画意毫无感知的人，他们甚至从未见过黑夜。然而，如若像这

样生活，只知道人造的黑夜如同只知道人造的白昼一样荒谬和不幸。

在这片辽阔的海滩上，黑夜是那样的美。它是白昼巨大的车轮真正的另一半，没有毫无意义的灯光来伤害或干扰它，如此美丽、完满、宁静。薄薄的云彩飘浮在夜空，犹如闪耀星空的朦胧岛屿；银河连接着大地和海洋；海滩与世间万物，如夏季的潟湖、斜坡和高地融为一体，它背倚着西边的天空，落日的余晖升起在寂静、连绵不断的沙丘上。

浓雾从阴云密布的海面上弥漫开来时，我的夜晚最为黑暗。不过，这样的黑夜鲜有发生，只有在初夏的雾气聚集在海面上时才会出现。上个礼拜三的晚上，是我见过最黑暗的夜晚。晚上十点到凌晨两点之间，有三艘船在外海滩搁浅——一艘捕鱼船、一艘四桅纵帆船和一艘拖网渔船。捕鱼船和四桅纵帆船已经被拖走了，不过，他们说拖网渔船还搁浅在岸上。

那天晚上刚过十点，我走到海滩。那里漆黑一片，空气中湿气很重，细雨绵绵，连瑙塞特灯塔的光线都看不到，大海也只能听见声音。我来到海边时，沙丘在身后消失了。我独自一人站在这无边无际的雨夜中，就像站在星际空间一样，耳边是波涛汹涌的大海发出的喧嚣声。一道圆锥形的光线从我的手电筒射出穿破黑暗，我看见海浪将一卷卷绿色的海草冲上来，在静止的人造灯光中闪烁着冰冷的水汽。远处，一艘孤零零的船吃力地沿着浅滩行进。充满水汽的浓雾弥漫开来，像奇异、缥缈、顺滑的丝绸旋转着闯进了手电筒的镜头中。新来的海岸警卫队员艾芬·查尔克往北巡逻时告诉我，他是在小客栈获悉了在卡洪的四桅纵帆船的消息。

那日夜里，伸手不见五指。但我却觉得这种黑暗极为罕见，或许，这在外部的自然界中从未出现过。最接近它的自然现象可能就是笼罩在黑夜和乌云下的昏暗的森林。虽然夜黑如墨，但是星球的表面仍有亮光。站在倾斜的海滩上，海浪冲击着我的脚，我能看见不断疯狂涌上来的白色泡沫滑过沙滩，又退回海里。瑙塞特的人告诉我，在这样的夜晚，他们就是跟着这些模模糊糊、缓慢蠕动的白色泡沫，依靠习惯和直觉前往小客栈的。

动物借助星光来到这片海滩。在沙丘的另一边，北面的麝鼠离开了悬崖峭壁，在这些浮木和杂草中东嗅嗅、西闻闻寻觅食物。天亮时，它们留下的杂乱痕迹和八字形足迹会被海水冲刷掉。较小一点的动物如老鼠、偶然出现的沙色小蟾蜍和穴居的鼹鼠，会留在上海滩，在凸出的岩壁下留下它们小小的脚印。秋季，臭鼬会陷入食物锐减的困境，所以，夜晚它们会早早来到沙滩上觅食。这种动物偏爱干净的食物源，对恶臭嗤之以鼻。一天晚上，我向北前去看望第一位从瑙塞特南下的警卫队队员，差一点就踩到一只大臭鼬。有一只蹦蹦跳跳的动物从我的脚下跑向海滩。它准是受到了惊吓，却表现得从容不迫，并没有慌乱。这里经常还能看见鹿，尤其是在灯塔的北面。我能在夏季的沙丘上发现它们的足迹。

多年以前，我在瑙塞特北面的沙滩上宿营，曾在黎明破晓时分，沿悬崖顶部散步。那里虽是一条紧靠着悬崖边的小路，但却时常看不见下面掩藏着的沙滩，我能从崖顶直视从海面升起时的朝霞。不久，小路临近悬崖绝壁的转弯处，我在下面的海滩上，在清冷、潮湿、玫瑰色的黎明中，看见三只鹿正在玩耍。它们嬉戏着，抬起后腿，迅速逃开了，随即又再次跑了回来，显得很是开心。眼看就要日出了，它们向北一路小跑，从悬崖上的一处洼地冲下海滩，又跑向一条上山的小道。

有时，海洋生物会在夜里光顾这个海岸。在夜深人静的时候，孤独的海岸警卫队队员艰难地在沙滩上跋涉，结果被海豹吓了一大跳。一位队员跌倒在了一只海豹的背上，那家伙从那名队员身下逃了出来，摆动鳍肢，奔向大海，发出"介于尖叫和咆哮之间"的声音。我自己也曾被吓到过。太阳落山许久后，光线变得昏暗模糊。我正走在上海滩，紧靠着延伸至退潮区的斜坡朝家里走去。当我走到距离水手舱还有一大半距离时，出人意料的事情发生了，黑暗中，突然有个庞然大物在我光着的脚丫下蠕动，吓我一跳。我踩到了一条刚被浪头冲上岸的鳐鱼，这一踩惹恼了它，让它立刻恢复了活力。

朝北的瑙塞特灯塔的光线成了沙丘夜景的一部分。我朝它走去时，看见灯塔上的灯，时而像是星光，一闪一灭，反复三次；时而像是沙丘后方闪耀的白光，环绕在沙丘顶部，令人着迷。灯光的颜色会随着大气的变化而变化，时而是白色，时而是金色，时而是金红色；灯光的形状也会随之改变，从一点星光变成闪烁的亮光，再变成一束穿过四周雾霭的圆锥形光线。在瑙塞特的西边，我常能看见海兰巨大的灯塔发出神圣的光，反射在云层上，甚至是星光闪耀的湿气中。

我望着海兰灯塔的灯光，想起乔治和玛丽·史密斯在灯塔时的情形，我有幸到那里做客，时常想起那段快乐的时光。我躺在屋檐下，无法入眠，透过窗户看见灯塔巨大的轮辐庄严地转动着，成为宇宙的一部分。

近海，船儿穿行于海面，灯光彻夜闪烁，绿灯向南行驶，红灯往北而去。捕鱼的纵帆船和比目鱼拖网渔船停泊在两三英里外的地方，桅杆上的锚灯一直燃烧着。我看见过它们在日落时停泊，却很少看见它们离去，因为船只都是在黎明时分离港。夜晚忙碌的时候，这些渔船的甲板上会洒满油灯的光芒。从岸上望去，会以为船舶着火了。我曾通过夜视望远镜见过这样的景色。我没有发现浓烟，只看到摇曳的灯火，映红了船帆、绳索和船边的海水，还有那无边无际的黑夜和大海。

七月的一个晚上，凌晨三点，我从一次北部的探险之旅中返程。一瞬间，什么东西莫名闪过，整个夜空变得宛如白昼。我惊讶地驻足观看。西边的天顶有一颗巨大的流星，是它陨落时发出的灿烂光芒。这是我见过最大的流星。海滩、沙丘、大海都显露无遗，没有留下影子、亦没有任何动静。所有振颤中的风景都如同静止了一般，如梦似幻。

夜晚的海滩呈现一种独特的声音，一种与精神、心境和谐一致的声音——流沙无时无刻不发出的窸窸窣窣的声响，浪涛浩浩荡荡，富有节奏地涌动着，有时，永恒的星星好似明灯一样高悬夜空——还有一种鸟发出悠扬的笛声。初夏，我独自漫步在海滩，将一只巢中的鸟惊起。鸟被惊扰后飞得无影无踪，只听见阵阵悦耳、哀怨的叫声。我所描写的鸟其实就是笛鸻，有时也被称为滨鸻或哀鸻。它的声音宛若笛声，我认为那是所有北大西洋鸟类中最动听的乐音。

眼下，正值盛夏，我时常在海滩上露天做晚餐。白黄色的浮木噼里啪啦地燃烧着，木板桶、折断的木板和老树枝也烧得正旺。篝火后面的大海笼罩在夜幕中，发出轰隆隆的声响，海浪落下时的声音听起来空洞沉闷渐渐减弱。火光照亮了身后沙崖的沙壁、杂草、枯萎的根茎，以及沙地的残骸碎片；风从这里呼啸而过；一群滨鹬从大海和篝火间掠过。天空中繁星闪烁，天蝎座曲曲折折地悬挂在南面的夜空中，围绕在脚爪四周的是闪烁的土星。

我们要学会敬畏黑夜，不再对黑夜心存粗俗的恐惧。因为随着人类驱逐了黑夜，虔诚的情感、诗意的心境都随之丧失，而这些都将使人性的冒险得以升华。

白天，宇宙是属于地球和人类的——宇宙的太阳发出耀眼的光，浮云飘过；夜晚，空间不再属于人类。大地舍弃了白天，到达天空和宇宙的深处，一扇新的大门朝人类的灵魂敞开。人们眺望夜空时，都会意识到其神秘之处，不为所动的庸人少之又少。夜晚的某一瞬间，我们瞥见自己和我们的世界孤立于繁星中，那是人类在穿越永恒时空地平线之间的朝圣之旅。虽然它转瞬即逝，但是在此期间，高贵情感真实的瞬间令人类的精神升华，诗情画意也会在人类的精神和体验中油然而生。

二

夏季每隔一段时间，通常是在海水涨潮、接近满月时，海滩沿线的海浪会让月光照耀下涌动着的空无一物的水发生改变，水中会充斥着大量惊慌失措的生命。成群的小鱼被很多大鱼追赶着游入翻滚的海浪里，捕食者则会穷追不舍，海浪将它们卷起、踩躏、搅得它们晕头转向，最后被抛上海岸。

月亮在天上穿行，沙滩边的海水涛急浪涌，里面充斥着原始的残暴和强烈的求生欲。然而，除了海水的拍打声之外，这场大鱼吃小鱼的战争悄无声息。还是来让我讲述这样一个夜晚吧。

我曾和朋友在海岸边度过一个下午。晚上刚过九点，他们就开车送我去瑙塞特警卫站。还有两天就要满月的月亮是那样的美丽，月光洒在荒原、河道、浅滩和绿色的潟湖岛屿上，南面微风徐来。

那个夜晚，海浪按照自己的节律翻滚着，波澜壮阔的巨浪接踵而至，却只有最后一道浪冲上来，重重地拍打在海滩上，泛起杂乱无章的泡沫，翻卷着岸边的泥沙。在它们竞相冲上海滩前，就不断地消融在了干渴的沙地里。我靠近海浪边开始向南走去时，看见月光之下，紧挨着海滩的大浪中，满眼都是无数小鱼跳动的舞蹈，甚是奇妙。巨浪将它们抛撒在沙地上，海浪里满是海洋小生物。此刻，它构成了生命的海浪，这充斥着生命的浪涛不断地拍打着长达数十英里的科德角。

它们是小鲱鱼还是鲭鱼？抑或是沙鳗？我从斜坡上捉了一条活蹦乱跳的鱼，在月光下举起来。那是一条常见的沙鳗，也称作玉筋鱼，生活于哈特勒斯和拉布拉多之间的水域。因为它的体形像鳗鱼一样又长又圆，所以它的外形大致与鳗鱼相似，但这种鱼与真正的鳗鱼毫无关系。然而，这种"鳗鱼"的尾部不是光秃秃的，而是一个大大的叉形鱼尾。这种被卷入海浪里的鱼有两三英寸长。

那天晚上，我光着脚，踩着浪花回家。一路欣赏着粼光闪闪的沙鳗在水中活蹦乱跳，偶尔还能感觉有鱼在我的脚趾间蠕动。不久，我的目光被某种东西吸引到了最边缘的泡沫中。前方大约十英尺处，一条巨大的角鲨突然出现在海滩上，躺在涌动的浪花边缘；那家伙顺从地随着浪花移动；海浪退下，露出沙地，两次都将角鲨卷入大海的方向；它艰难地扭动着身子，被另一个小浪花再次送回岸上。

这条鱼大概有三英尺长，可是货真价实的小鲨鱼，在逐渐变亮的月光下呈现出紫黑色——因为月亮正穿越海浪长长的轴线，往西移动。它庞大的黑色身躯在一群粼光闪闪、欢蹦乱跳的小鱼中显得格外奇怪。

于是，我开始仔细观察这片鱼群聚集的宽阔海域。正是这里的大鱼——这些觅捕食者将"鳗鱼"逼入了绝境，来到我们的地盘。海浪里满是成群结队的角鲨，这里涛凶浪急，那些家伙饥肠辘辘，嗜杀成性，然而，水面上却丝毫看不出水底的情形——只是偶然才能瞥见一个鱼鳍划过水面，你转而立即向水里投去好奇的一瞥，才看见一条鱼就像琥珀中的苍蝇一样淹没于波光闪闪的旋涡中。

远远望去，此刻受制于海浪的角鲨不久便将来到岸上。我继续走了半英里，似乎大浪每次都能在退却时留下一条受伤搁浅的小鲨鱼，小家伙虚弱地划动着尾巴。我冒着可能会弄伤脚趾的风险，把很多小鲨鱼踢进了大海；我还会抓着一些小鲨鱼的尾巴将它们扔进海里，因为我不想看见它们在海滩上腐烂。第二天早晨，我看到在水手舱和警卫站近两英里的海滩之间，有七十一条死掉的鲨鱼躺在上海滩。同一天晚上，还有一二十条鳐鱼也搁浅了——这种鳐鱼实际上是鲨鱼的同类——它们会跟着很多鱼游，却永远搁浅在了沙滩上。

那晚，我在水手舱迟迟无法入眠，常会放下正在翻阅的书返回海滩去看看。

十一点刚过，比尔·埃尔德雷奇来到门口，他面带微笑，一只手放在背后。

"你订了明天的正餐吗？"他问。

"没有。""好吧，就这个了。"比尔从背后拿出一条上好的鳕鱼。"这条活蹦乱跳的鱼就是在你门前发现的。没错，黑线鳕和鳕鱼常常会随着其他更大的鱼一起追捕这些沙鳗。大约每年这个时候经常能在海滩上发现它们。有地方放吗？给我一条细绳，我把它挂在晒衣绳上。这家伙待在那里挺好的。"比尔将两根手指熟练地并在一起，将绳子穿过鱼鳃。在他穿绳的时候，那条笨重的鱼一直闹哄哄地扑腾着。不用担心它会死掉，它能做一份美味的海鲜杂烩。比尔走到外面，我听见他在晾衣绳边停了下来。后来，我们聊着天，最后，他再次背起钟表和柯斯顿信号弹盒，拿起值班风帽，用口哨唤来他的小黑狗，越过沙丘，朝海滩和瑙塞特警卫站走去。

六月的某些晚上，海浪和海滩上会出现磷光。我想，那是一年中最美妙的夜晚，我永远都会记得。

今年初夏，中海滩筑起了一道沙堤。海水涨潮时，水会溢进沙堤和沙丘之间又长又浅的水道。我所提到的那个夜晚，上弦月悬挂在西边的天空，月光洒在漫过沙堤的潮水形成的涓涓细流上，波光粼粼，显得分外美丽。太阳刚落，我就和下午陪伴我的朋友一起前往瑙塞特警卫站。海水仍在不断涨潮，一条水流涌入了池塘。我和朋友一直逗留在警卫站，直至晚霞完全消失，照在地球上的光由月光混合着粉红色的霞光变得清冷。

随后，因为警卫站附近的小河里海水泛滥，水深无法通过，我只能转向南面，从内陆的河岸走。潮水大概已经落下半英尺，但是海浪依然像冲击一堵墙似的冲上沙堤，大浪生出的白沫转瞬即逝。

月亮渐渐西移，天色越来越暗。西边的沙丘顶上尚有光亮，下海滩和海浪上也能看见微弱的光线；一层柔和的薄暮笼罩在沙丘表面。

池塘里的潮水落下，黑暗的池边有些湿滑。平静的池塘和涌动的大海形成奇特的反差。我紧靠潟湖边的陆地向前行走，靴子不断踢起的湿沙粒如同雪粒一般。每一颗溅起的沙粒就是溅出火星的磷火，于是我便在星星点点的土地上行走着。身后的脚印是闪光的足迹。月色渐暗，潮水回落，越来越暗的池塘边上的火湿嗒嗒地闷烧着，熄灭、燃烧，像是有风吹过，将它们点燃又吹灭，好生奇怪。偶尔，闪着磷火的海浪从朦朦胧胧的大海中涌过来——整个海浪恐怖地翻滚着，呈现出乳白色的光，海浪拍打在沙堤上，溅起闪着萤光的白色泡沫。

闪光的浪潮出现时，发生了一件奇怪的事情。这种磷火本身是一群生命，有时源于原生动物，有时源于细菌，而我所描述的大概就是后者。一旦这种活着的发光体渗入海滩，它们便会成群地迅速侵入成千上万一直活跃在海边的沙蚤组织中。不出一小时，这些成群的片脚类动物灰色的身体、这些永远吃不饱的大海清道夫便会派上用场，显现出点点磷火。光点逐渐增多，最后融为一体，使得整个动物成为一个发光体。这种入侵实际上是一种疾病，是一种光的感染。我所描述的那个晚上，当我来到海滩时，感染已经开始。

在我的靴子前跳跃的发光跳蚤成了一种独特的景象。我好奇地看着它们从池塘边跳到上海滩，当它们到达朝向陆地的池塘时渐渐变白，宁静的月光洒在这片奇异、美丽、泛着涟漪的池塘上。我想，这种感染会将它们杀死；至少，我经常在海滩边看见死去的大跳蚤，如同瓷器一般精美的大眼睛和水灰色的身体是萤光生成的核心。在它周围，是上万只对它漠不关心的同类，它们的生命得以延续，继续谋划着生计，在慷慨的浪潮中觅食。

三

整个漫长的冬季，我都睡在大屋里的长沙发上。但是，随着天气转暖，我把卧室整理妥当，回到了那张老旧生锈的铁制折叠床上——在寒冷的季节，我把它用作储藏室。不过，偶尔心血来潮时，我便会离开这寝具，重新到长沙发上住上几晚。我喜欢大屋里的七扇窗户，让人感觉就像住在户外。我的长沙发就摆在前面两扇窗户的旁边。我躺卧在那里，就能眺望大海，欣赏过往的灯火，观看从海上升起的星辰和停泊渔船上摇曳的提灯，还有海浪泛起的白色浪花，声音悠长，回荡在寂静的沙丘上。

自从来到此地，我就想体验一下雷暴天气侵袭这片自然海岸的情形。在科德角，雷暴天气就是一场"暴风雨"。引文里的词是莎士比亚曾用过的，意为"电闪雷鸣"。在伊斯特姆，这个词的用法跟古老、优雅的伊丽莎白时期相契合。奥尔良或韦尔弗利特高地的学生读到莎士比亚的戏剧时，这个剧名的含义对于他们而言，和那位出生在斯特拉福[1]的人理解的一

---

1 斯特拉福，位于英格兰埃文河畔，乃莎士比亚的出生地。

样。不过，在美国其他地方，这个词语似乎意味着从龙卷风到暴风雪的所有天气。我认为这个词所具有的古老含义目前只能在英格兰某些地方和科德角找到。

六月，暴风雨来临的晚上，我正在大屋里睡觉，窗户都敞开着，我被第一声闷雷惊醒了。我上床睡觉时还风平浪静，但是现在，来自西北方向的风从窗户外不断送进来一股强劲的气流。就在我关窗户时，西边和远方的天空闪着电光。我看了看表，一点刚过。随后，便是身处黑暗中的等待，漫长的时间多次被雷鸣声打断。中间平静下来时，我便能听见海浪轻拍海滩，发出微弱的声音。

突然，一道巨大的粉紫色闪电划破夜空。透过七扇窗户望去，满眼都是狂暴凶猛的闪电，我一眼就瞥见宏伟、孤寂的沙丘那空旷熟悉的影子；一声巨响之后，伴随着闪电的消失，雷声的回响也轰隆隆地在远方渐渐消失，黑暗很快重返世界。片刻之后，好像有人开始打开闸门放水，慢慢地下起了雨。雨水打在屋顶的木瓦片上，发出美妙的声音，这是我自小就爱听的声音。雨水从缓慢的滴嗒声很快变成急促的嗒嗒嗒的轰鸣声，汩汩的水流从屋檐上落下来。暴风雨正在横扫科德角，一路从海天之间席卷而去，侵袭着这片古老的土地。

喧嚣的大雨伴随着一道道闪电、一阵阵沉闷的雷鸣声，直到最后的回声消失在天摇地动的巨大声响中。那天晚上，伊斯特姆村的房屋都受到了暴风雨的袭击。我孤独的世界全是闪电和雨水，看起来有些奇怪。通常情况下，我并不会对闪电感到恐惧，但是那天晚上，恐惧攫住了我。因为那是我独居一年中，第一次也是最后一次感到自己与世隔绝，孤立无援。我记得自己站在屋中央，看着这一切。广阔的荒原上，闪电让一道光芒四射的亮光停留在蜿蜒的河道上，透过雨水模糊的窗户望去，一切显得是那样的奇异。在激烈的闪电之下，巨大的沙丘像往常一样消极，静谧的大地却稳如磐石。我看着它们在黑暗中时隐时现，一种从未有过的强烈感觉油然而生，那种对茫茫时间长河的感悟。自从这些沙丘从它们脚下的大海中升起，经历风吹日晒后，已经见证过无数周而复始的岁月。

海上也能看见奇妙的现象。大雨倾盆，但因为受到科德角自身的庇护，让这里没有遭到西风的肆虐，向海的岸边反而异常平静。潮水涌到了海滩中部，不断涌来一排排狭长的小海浪。海浪在近海的地区形成，不停翻滚着，平静地冲击着磅礴大雨下数英里孤独的海滩。一时间电闪雷鸣，暴风肆虐，涌入大海，将整个海滩和北大西洋的海面都照亮了，除了起伏的小海浪因为卷起的浪尖遮住了亮光。我看见明亮的大海镶上了一环一环的黑边，当海浪泛着泡沫冲向海滩时，又重新汇入了明亮的大海，这神奇美丽的画面让人叹为观止。

　　暴风雨之后，星星出现了。我在日出前再次醒来，发现天地之间一切都被雨水冲洗过，天气清新凉爽。土星和天蝎座正在落下，但是木星高悬于天顶，在其星座上逐渐变白。湿地河道里的潮水落下了，海鸥很少会来打扰这片鹅卵石的堤岸。我在散步时惊扰到了一只鸟巢中的歌雀。它飞向我的屋顶，抓着屋脊，转过头来，露出不安、好奇的神情……发出一阵警告声。然后，它朝自己的鸟巢飞去，落在一片李子林中。最后，它才安心地用颤音唱出了一首晨曲。

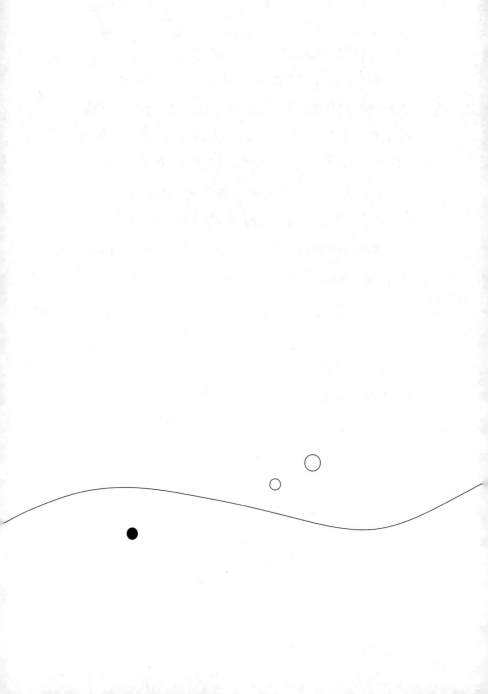

第九章

一年中的高潮

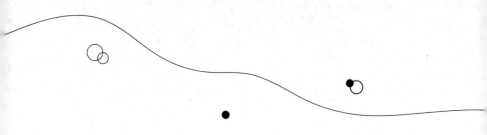

一

　　如果这本书还有空间，我想用一整章来写嗅觉，因为我这一辈子都对嗅觉情有独钟。在我看来，我们完全过分依靠眼睛来生活。我喜欢芳香的气味——四月夜雨后温暖的早晨，刚刚耕种过的土地发出的气味；科德角野生的石竹花发出丁香般的香气；清晨，缀满露水的丁香花的芬芳；夏日午后，从草地上吹来充满热气的盐草味和退潮时的气味。

　　现代文明呼吸的气味是多么恶臭，我们是如何学会忍受这种让人郁闷的难闻气味的？十七世纪，城市里的空气和笼罩着大村庄的空气一样；如今，城镇里的空气只有这些"新新"现代人才能够忍受。

　　我们整个的英语文化传统里都会忽视嗅觉。在英语里，鼻子仍然是某种粗俗的器官，而我相信它的使用具有一定的感官作用。我们的"文学图画"和"诗歌风景"都挂在思想的墙壁上，供眼睛欣赏。法语文学则更宠爱鼻子，在任何法语诗篇中，十行之内就必定会见到"parfum"[1]一词。

其实法国人的做法是对的，因为虽然眼睛是主要的感觉器官，也是由它首先把守审美的大门；但是，一种情绪的产生或人类诗歌产生的瞬间都是其他感觉被适时唤起的一种仪式。所有这些能够引起感觉回忆的感官，没有一个比鼻子在头脑中的吸引力更强烈、更宽泛。它是每一个热爱自然界的人都会用、也喜欢用的一种感官。我们应该让所有感官都充满生气和活力。如果这样做，我们就永远不会建立起一种伤害感官的文明。事实上，这种文明成了恶性循环，让我们原本迟钝的感官变得更加迟钝。

我爱上这片大海滩的其中一个原因就是：居住于此其实就是生活在一个拥有自然气息的美好世界里，这里芳香四溢，充满了浓郁、鲜活、有趣的气味。或许，一场沁人心脾的大雨让炎热的天气缓和时，那种气味最为芬芳。

我的确对这里了如指掌。如果我被蒙上眼睛，带到这片夏季的海滩上，任何时候我都能凭靠嗅觉说出自己身处海滩

1　Parfum，法语"芳香"的意思。

的哪个地方。在大海的边际，空气总是十分凉爽——甚至有些寒冷，海浪溅起的水花和无数的水泡不断破灭，形成雾气；海底潮湿的沙地散发出一股混合着海滩和大海的凉爽气味，大海深处涌来的海浪带来一股芳香的空气。风几乎是径直吹向海滩，不过它时而转向沙丘，时而转向大海，此时在海边散步自然是一种独有的经历。再走二十英尺，你就会身陷湿热的沙地散发出的潮湿、炎热的蒸气里。再从这里出发，就像穿过一扇门，跨入了九月中旬。一时间，你便从中美洲走入了缅因州。

夏日，沙坝后方八英尺宽的上方，从低潮的海边向内陆四十英尺的地方，还有其他气味等着你。在这里，潮水将一团团杂乱无章的海洋植物铺撒成一个潮湿的台地——这些植物包括普通的海草、橄榄绿的岩藻、黄褐色的岩藻、海白菜皱巴巴的绿叶、可食用的紫红色的红藻、褪色的海藻，以及长达七八英尺、黏糊糊的海带。炎热的正午，这些海洋植物正慢慢萎缩——因为它们最重要的依附物是水，在闷热的空气中散发着海洋和植物的气味。我喜欢这种美妙的自然气息。有时，一条被海浪冲上来的死鱼——可能是一条在热浪中蜷缩成一团的死鳐鱼——会给这股植物气息中增添一点鱼腥味儿。但是，那并不是腐臭味，而且海滩上的清道夫很快就会把它清理干净。

越过沙坝和潮汐形成的河道往里是被我称为上海滩的平地，一直延伸至沙丘毫无遮蔽的堡垒。夏日，潮水很少会波及这片海滩，沙子散发出一股令人舒服的热气。沙丘中有一处残骸，我就在这残骸倾斜出来的一角下遮阳，抓起一把干燥光亮的沙子，看着它慢慢地从我指间滑落，留意到炎热是如何让它散发出一股强烈的石头味，好闻极了。干燥的沙子下还埋着海草——这是上个月满月时高潮带来的漂浮物。

在耀眼阳光的直射下，海草顶端的复叶和心形气囊已经变成奇特的金橘色和暗黄褐色。在沙子和炎热主宰的世界里，这种叶子的芳香已经散失；只有一场雨才能重新唤醒这些有着怪异颜色的新鲜海藻叶重现芳香。

东面海域下的清爽、太阳照耀下海滩植物发出的芳香，以及细沙发出的刺鼻的热气——混合在一起形成了盛夏时海滩特有的气味。

二

这个荒芜、辽阔的世界正处于一年中的涨潮期。连续四五天，西南风都在不舍昼夜地刮过科德角，就像一条不知疲倦、经久不变的天河。太阳正在从这一年的圣坛上落下，仪式性地停在夏季的门槛上，那一轮骄阳熊熊地燃烧着。天气炎热时，海滩由于气温明显上升而颤动，一有风刮过，它就会朝大海的方向弯曲。蓝色的薄雾笼罩着内陆的荒原和大湿地，再也没有了风景如画的特性，而是沦为一团迷雾。因为光秃秃、耀眼的沙子会反射热量，所以沙丘的白天有时比村庄的白天还要炎热，不过沙丘的夜晚通常比较凉爽。在阳光暴晒的沙地上，水手舱享受着从湿地吹来的风和大海的凉爽，如同位于海中的船舶一样舒服。

沙地炎热的空气中散发出沙子、海水和太阳的气味。山丘顶上是茂盛的绿草地，浅黄绿色的新芽穿过去年枯萎的枝叶长了出来。有些枯萎的叶尖已经出现了橘黄色的小斑点，叶子两侧的边缘显露出枯萎的细边。盐草地上的草正在结果，在夏季绿色的草坪上点缀出褐色和黄绿色的斑点。沙丘上，杂草丛中的沙子是静止的，而在裸露的地方，沙子似乎被太阳控制着。这里连续一周或更久的时间没有雨水时，炎炎烈日斜射过海滩，通往水手舱的沙地就会变得干燥、松散，陷得很深，穿过沙地如同步履沉重地穿过雪地一般。

冬季的大海是寒冷昏暗的房间里的一面镜子，而夏季的大海则是阳光炙热的房间里的另一面镜子。充足的阳光、巨大的镜子，让整个夏日都浮动在镜面上。色彩聚集于此，有黎明和黄昏、云层的阴影和倒影、阴沉沉落下的青灰色大雨、万里无云的湛蓝天空。阳光穿透大海，让些许温暖随着阳光渗入海水中，但是在太阳下闪闪发光的海浪仍然冰冷刺骨。现在，昆虫倒是从陆地上获得了热量。天气炎热时，从湿地徐徐吹来微风，沙丘变得酷热难耐。活跃的昆虫令沙地颤动。在这种天气里，嗡嗡叫唤的"绿头蝇"横冲直闯；无数沙蚊，或是称为"看不见的敌人"，聚集在房屋南面充满阳光的墙壁上；"熨斗蝇"和不知名的小昆虫飞来飞去，伺机发动袭击。

在大海边缘，人必须留在屋里或是找一个谨慎的避难所。恃强凌弱的毒虫虻是一种让人憎恨的东西，必须小心提防。不过，虽然八月中旬正值虻的高峰期，但是幸好有风和海浪，凉爽的天气让人即使在下海滩通常也不会被这种昆虫吸血。时至今日，我也只被这些热带到访者叮咬了两次。只要能阻止绿头蝇进入，沙丘很可能就像远离海滩的任何地区一样宜居。此外，海风也会让我免遭蚊虫叮咬。

蚂蚁出现了，上海滩上到处是它们坑坑洼洼的洞穴。我看见这些红褐色的小生物在草丛中进进出出。因为这些小东西时常出没，所以洞外的细沙上满是它们乱七八糟的足迹。整个上海滩俨然成了一块活跃着小生命的平地，到处都是地道、洞口和坑道。六月时还不大的沙蝗虫，现在已经长大，不断发出叫声。有时，沙丘上飞舞着各式各样的蝴蝶，它们是被西风吹离了航线来到海边的。我在沙丘上寻找浮木，或是沿着草地上的车辙行走时，会瞧见蟋蟀快速地跑进草丛中。

我在沙丘靠近稀疏草丛的空旷地区，发现了沙蜘蛛手指般大小的深洞。往下一英尺的地方，黑色的雌蜘蛛住在凉爽的沙子里，如果将它挖出来，就会看见一个毛茸茸的蜘蛛球。夏季，雌蜘蛛不会离开洞穴，但是在初秋，它会重新来到这个世界，你会看见它恐怖的黑色身体敏捷地穿过沙丘上的草丛。体形更小的沙色雄蜘蛛到处都是。一天晚上，我在海滩上看见一只雄蜘蛛在朦胧的月光下逃窜。第一眼看见时，我还把它错认为一只小螃蟹。那天夜里稍晚时，我还在海浪边发现了一只沙色的小沙蛤蟆，估摸它可能是来这里享用海跳蚤的。

"六月甲虫"撞击着我的纱窗，发出可怕的隆隆声，又嗡嗡地在这里徘徊，让人心生恐惧。只要我一打开门，就有半打虫子攻击我的台灯，撞晕的虫子纷纷落在桌子上。在沙子堆成的斜坡上，孤独的黑黄蜂刨出了一个洞；还能见到巨型蜻蜓的影子掠过我经过的小路。

海滨香豌豆散乱地分布着，此时正值花季。西风吹过草地，让海面形成阵阵涟漪。炙热的云朵纹丝不动地悬挂在地平线上，云朵的下边沿消失在一片薄雾中。烈日炎炎下，岁月在燃烧。

三

我在另一章中提到，四五月期间，鸟类就从这个地区逐渐消失了。一年之中有一段时间，银鸥似乎是唯一留下来陪伴我的鸟，其中多为幼鸟，或是介于幼鸟和成鸟之间，羽毛也从幼鸟的褐色变为灰白色。

五月末一个清冷、雾蒙蒙的早晨，我醒来后发现，水手舱前面的海滩上满是银鸥。原来夜里有很多鳕鱼滞留在了海滩上，这些鸟发现后便前来食用。一些银鸥食用着新鲜的鱼，发现者即是占有者——我看见很多鸟为了捍卫自己的美食不被后来者和潜在的抢食者吃掉，它们展开翅膀，凶巴巴地嘶鸣着。另外一些银鸥排成长长的一行，面朝大海，站在海滩顶部。成鸟的羽毛都是白褐色的，有的褐色里泛着白垩色，还有一些像母鸡一样带有斑点，另外有些鸟的羽毛比较奇怪，白垩灰里夹着褐斑。银鸥换毛比较复杂，有的春季换毛，有的则在秋季换毛，有的只是换一部分毛，或是在第二次交配时换毛。至少需要三年以上，银鸥似乎才会完成整个交配活动，换上成鸟的毛色。

盛夏一个明媚的早晨，我刚一睁开眼就听到夏日的大海周而复始奔腾不止的海浪声，它已经成为我清醒时意识的一部分。随后，我听见屋顶上传来吧嗒吧嗒轻盈的脚步声，歌雀用简单的曲调唱着愉快的歌。这些歌雀是沙丘上的歌唱家。我整天都能听见它们的歌声，因为在沙丘向海的斜坡上，有一对歌雀就筑巢在报春花丛中。我的水手舱为它们提供了驻足的地方，从这里可以瞭望世界。它们落在主梁上，用令人钦佩的毅力永不停歇地鸣唱着。

实际上，这种鸟只会唱两首歌：一首是婚礼的咏叹调，一首是家庭小调。它在筑巢产蛋时，会唱第一首曲子，而在秋天蜜月结束回归沉寂时，会唱第二首曲子。今年，我惊讶地发现这种情况突然有了变化。七月一日的下午，我听见落在屋顶的鸟在唱第一首咏叹调；七月二号的早晨，它们换成了第二首咏叹调。这两首相似的歌曲在音乐"形式"上彼此类似，但是第一首比第二首具有更多的颤音。

我推开门，望见沙丘、早晨的大海、空旷的海滩上海岸警卫队走过的小道，发现燕子正在攻击我的房屋——它们衔起夜里停在木瓦上有些迟钝的苍蝇便匆匆飞走了。我顺着沙丘向四面八方望去，看见到处都是燕子。青草在晨光中闪闪发亮，倾斜的太阳照出饱满的草茎，优雅的鸟紧贴着草地飞过。这些鸟中很多都是岸燕，不过我经常还会看见家燕和双色树燕夹杂在它们中间。七点刚过，它们就飞走了。虽然整天都有离群的鸟前来觅食，不过燕子都是在早晨觅食。

　　岸燕（这种鸟的腹部发白，一条黑色的条纹穿过胸前）在瑙塞特警卫站北面大堤岸的水泥层上筑巢，树燕和家燕则生活在更远的内陆，且靠近农场的地方。有些人说岸燕也在这些沙丘里筑巢，我却从未在这些流沙中发现它们的鸟巢，不过毕竟这些燕子要办到这个并不难。这些动物对沙子的使用像使用普通土壤一样娴熟，我曾多次对这种行为惊讶不已。前不久，我在大沙丘的顶部，发现鼹鼠在流沙表面挖掘了一条六七英尺长的通道。

　　夏天，一种被本地人称为鲭鱼鸥的普通燕鸥占领了这里的海滩。这种鸟有三四千之多，在这个地区筑巢；沙丘上有它们的鸟巢，在靠近奥尔良的沼泽岛上，整个鸟群栖息在铺着青石的地区。我整天都看见它们从窗前飞来飞去，时而顺风翱翔，时而逆风前进。我看见它们在日出之前，沿着海浪飞行，白色的鸟飞过东方瑰丽的天空，大海还笼罩在蓝黑色的夜幕下；我看见它们在黄昏时，像精灵一般飞过。它们聚集在这里时，我只得成日生活在它们羽翼的遮蔽和喧闹的叫声之中。

普通燕鸥——也有人称为威尔逊燕鸥——确实是一种可爱的鸟。它的主色是珠光灰和白色，羽翼弯曲，身长十三至十六英寸，有一个显眼的黑色羽冠，珊瑚橙色的鸟嘴尖端呈黑色，腿和脚是明亮的橘红色。这种鸟的叫声在我听来像乌鸦一样——确实是乌鸦那种尖锐刺耳的声音，发出类似"e"的声音和一种高音。虽然它的声音刺耳，却不让人讨厌；而且，叫声里包含了很多情感的变化。最近，我沿着沙丘向南走时，在一个地方看见从大海返家的燕鸥。它们飞过沙坝返回鸟巢，看见自己的配偶和幼鸟时，它们的叫声变成了一种虽然刺耳却满是柔情的声音，充满野性，让人为之动容。

上周一的早晨，我坐在西边的窗前写作，听见一只燕鸥发出怪异的叫声。我抬头向外望去，看见一只鸟正在不断攻击一只雌性沼泽鹰。我曾说过这种沼泽鹰会到访沙丘。这只海鸟发出的好斗的尖叫声是我从未听过的声音。

"咳——咳——咳——噢！"它大声叫着，这种尖锐、激昂的声音中包含警告、危险和愤怒的意味。体形更大的沼泽鹰拍打着翅膀，如同展开片片纸张一样——它靠近地面飞行时，有时怪异的像是蝴蝶在翩翩起舞——它没有做出回应，却缓缓地朝地面降落，展开双翼，在我屋子后面四十英尺撒满贝壳的沙坑里停留了半分钟之久。它就这样一动不动地停留在那里，甘愿当成地标。这只跟随敌人飞入沙坑的燕鸥，一直尖锐地叫着，片刻也没有停歇，只见它振翅飞了起来，像是朝着一条鱼俯冲过去。沼泽鹰依然纹丝不动。这真是一幕不同寻常的画面。燕鸥重新挥舞翅膀，飞到沼泽鹰的头顶，它再次迅速升高，再度俯冲过去。在它第三次俯冲时，沼泽鹰低低地飞过沙坑，走掉了。随后，这场战斗转移到了沙丘上。最后，我看见沼泽鹰放弃了沙丘，越过湿地飞向南方，这才摆脱了燕欧的纠缠。

我看着这只沼泽鹰在烈日炎炎下蹲在沙地里，灰色的海鸟愤怒地攻击着它，脑海里想到了古埃及描绘的动物和鸟。因为沙坑里的沼泽鹰就是埃及人的荷露斯[1]鹰，同样的姿势，同样的凶猛，同样的威严。我在这里居住得越久，看到的鸟类和动物就越多，对几千年前在埃及创作的艺术家就越发崇

1　荷露斯（Horus）是古埃及最重要的神之一，是太阳神Osiris与保护女神Isis的孩子，通常被描述为戴着埃及皇冠的神鹰，古埃及的法老们都视自己为荷露斯的化身。

敬。他们绘画、涂色、在幽静的皇室墓碑上雕刻，在此处画些从尼罗河湿地上受到惊吓的鸭子，又在彼处画些正从乡村小道上走下来的牛群，还有烈日下的秃鹫、豺狼和蛇。在我看来，任何关于动物的绘画都无法和埃及人的画作相提并论。我并非要称颂他们逼真的画像或绘画技巧——尽管埃及人是在用心描绘他们的作品——而是要称颂他们捕捉、描绘动物灵魂的独特能力。这种能力在埃及人描绘鸟类时表现得尤为突出。一只雕刻在寺庙最坚硬的花岗岩墙壁上的石鹰，能在它的眼里看到所有鹰的灵魂。此外，这些埃及人创造的作品中没有任何人物。它们只是来自粗犷的原始社会中的一员，沉默无声、冷静超然。

燕鸥群完全占领了这片海滩，它们常常还会聚集在一起驱赶闯入的人类。我经常会被它们一路追赶至璐塞特警卫站。昨天下午两点，我向北艰难跋涉在炽热的沙地上时，就有三只燕鸥朝我飞了过来要赶我走。

像这样被鸟吼叫、骚扰，还真是一次古怪有趣的经历。它们随着我同步向海滩下走，我停，它们也停。当它们伺机靠近我，飞到我的头顶时，像燕子似的尾巴不停摇摆。大约每隔半分钟，三只鸟中就有一只飞到我头顶二三十英尺的地方，盘旋一两秒后，伴随着如同责骂般的尖叫声径直朝我猛扑过来。

这次突袭会在离我头顶不足一英尺的地方结束。我就这样被它们严厉地"斥责"，刺耳的吵闹声一直持续下去，让人以为鸟儿发现我正在偷鸟蛋和雏鸟。事实上，我离鸟窝或筑巢的地方有几英里远。实际上，骚扰燕鸥巢穴的人会被许多燕鸥用这种方式驱赶，甚至猛烈地攻击。

我估摸那只沼泽鹰当时正在突袭它们的鸟巢。雌鹰可能正在孵蛋，因为自从它在春天不再攻击其他鸟巢后，我就很少看见它了。

六月中旬到七月中旬，燕鸥处于最繁盛的时期。它们的蛋正在孵化，到处都是游来游去的海鱼，这些成鸟整日都会在鸟巢和大海之间往返。我在日出推开窗，燕鸥已经路过我的房屋，在滚滚浪潮上方二三十英尺的空中飞行。时时刻刻都有两路鸟群川流而过，一路去捕鱼，另一路把捕获的鱼带回巢。它们络绎不绝地飞过——当鱼近在咫尺易于捕获时，每小时就有上千只鸟经过。返回的鸟将银鱼横向衔在嘴里，无一例外。不同于寓言故事中的乌鸦，燕鸥大声呼叫时，战利品并不会掉下来。

这些鸟大部分是雄鸟，它们给配偶和新生的幼鸟带去食物。捕获的鱼通常为三四英寸长的沙鳗鱼，但是我偶尔还会看见它们衔着小鲭鱼飞行。有时，一只鸟会尽力衔起两条沙鳗鱼飞过。

一个礼拜前，一个阳光明媚的下午，刚过两点，这些鸟突然沿着沙丘从各地涌向海浪。鲻鱼再次驱赶来一群沙鳗鱼。此时正值高潮，大浪涌了过来，重重地拍打在海滩上。在卷起的各种浪尖里，在向前涌来的碧涛里，在快速卷来的白色泡沫和黄色泥沙中，灿烂的阳光洒在俯冲而下的燕鸥身上。它们扑向身处双重危险的沙鳗鱼。燕鸥的羽翼划过天空，充满饥渴的叫声不断响彻长空。海浪里溅起水花，被反复袭击的鱼向南逃去，燕鸥紧随其后；一小时后，我透过望远镜，望见北面和向海的沙滩上依然是这番景象。

一般贼鸥从来不去打扰这些从伊斯特姆飞来的鸟儿。我在这片海滩上只见过一只贼鸥，那是在去年九月的一个早晨，这只落单的鸟儿从我的房前飞过。然而，科德角的邻居告诉我，海湾一带贼鸥数量众多，它们会驱赶在比灵斯盖特附近浅滩捕鱼的燕鸥。

我几乎每天都会在最热的正午走到下海滩，用一只手臂挡住眼睛，在热乎乎的沙子里躺上一会儿。有一天，我一时兴起，向一只路过的燕鸥挥了挥手，归巢的鸟儿在海滩上不到二十英尺的地方飞行，有意思的是，那只鸟儿停了一下，然后便降落下来，还在我头顶上方十英尺的地方盘旋了一会儿。那时我才发现，它下身的羽毛并不是白色，而是讨喜的淡玫瑰红色。我拦下了一只玫瑰燕鸥，弯了弯手指，它叫了一声作为回应，在我听来，那叫声中充满了不知所措的恼怒。鸟儿随即飞走了，我们之间的小插曲也随之结束了。

今年，许多笑鸥也跟着燕鸥在一起捕鱼，大概有十几只笑鸥挤在一起，跟着它们的邻居燕鸥结伴而行。

今年夏天，我和鸟儿们最有趣的奇遇莫过于和一群小白额燕鸥的接触了。它们是在六月某天大清早飞来的，我当时正经过大沙丘，突然，这群小海鸥朝我飞了过来，围着我盘旋，叽叽喳喳地叫着，像是在抱怨什么。我发现它们是小白额燕鸥，或者叫作侏燕鸥。它们或许是最优雅、最美丽的夏季海鸟了，这种鸟在我们这片海岸并不常见，它们的到来简直叫我乐不可支。小型燕鸥（小白额燕鸥）身形只比燕子大一点点，人们通常可以通过它们通身浅灰色的羽毛、亮柠檬黄的嘴以及纤细的橘黄色脚辨别出来。

这种鸟一般在大沙丘的底部筑巢，我的出现惊扰到了它们平静的生活。在晨光下，它们在我上方盘旋。一会儿发出一声喳喳的警告声，一会儿又发出一串断断续续的叫声。

我往鸟巢走去。

这种滨鸟的巢穴很是奇特。它们不过是在宽阔、平坦的地上挖一个坑，有时候连坑都没有。

福布斯先生说："在露天沙滩上筑巢不需要花费多少时间。鸟儿落下，轻轻蹲伏在地，再用小脚飞速刨抓着，速度快得几乎让人看不清动作，刨出的沙子以小鸟为中心向四处飞溅。随后燕鸥便在低处安顿下来，而后，它们会将身子转来转去，抚平坑穴。"

我不记得将那天早上记录找到鸟巢数量的纸张放在哪里了，但我找到了二十到二十五个鸟巢。每个巢里都有鸟蛋，有的有两枚，还有的有三枚，只有一个巢穴里有四枚蛋。燕鸥的蛋壳颜色各异，描述起来很困难。不过也许我可以这样概括性地描述一下：它们都呈现一种泛着蓝绿的沙黄色，还带有棕色、紫褐色和浅紫色的斑纹。然而，最吸引我的并不是鸟蛋，而是燕鸥用鹅卵石和贝壳装饰鸟巢的方式。燕鸥零零散散地居住在海滩上，它们捡起像指甲盖儿大小的扁平贝壳，然后将这些贝壳铺在巢穴底部，如同马赛克一样铺设得整整齐齐。

我花了两个礼拜的时间，观察这些燕鸥和它们的巢穴，尽量小心翼翼地不去惊扰正在孵蛋的鸟儿。但是要去到海边，它们的鸟巢是必经之路，没法不惊动它们。晚上，当我和在海滩巡逻的警卫队队员一起往南走的时候，在茫茫夜空中听到了一片惊叫声。六月底，一阵东北风不期而至。

那是一场夜间的风暴。我生好炉火，写了一两封信，听着窗外风狂雨急。风暴持续了一整晚，雷电声、风雨声连续不断，让人无法入眠，而且我还在担心燕鸥。我想象它们挣扎在呼啸的狂风和倾盆的大雨之中，在空旷的海滩上，完全没有躲避风暴的地方。我打开门，向无边的黑暗中张望了一阵，只听到了大海巨大的咆哮声。

翌日清晨，五点我就起床了，风势减小了不少，潮水也退下了，但是门外还是有细雨微风。大沙丘底下一片荒凉，潮水横扫了海滩。沙丘上连巢穴的影子都看不见，燕鸥也飞走了。那天晚些时候，我在一团鲜艳的杂草上发现了一点儿蓝绿色的蛋壳，就在大沙丘的南边。我不知道鸟儿飞去了哪里，但愿它们是到了一个更好的地方，重新开始生活。

老天！我在回来的路上突然想起：那些歌雀怎么样了呢？

我光着脚穿过湿漉漉的草地，急急忙忙赶往报春花树丛。沙子在夜里已经开始流动了，它和雨水一起，顺着沙丘向下滑，报春花已经被掩埋了。确实，那里已经看不见花丛了，只有一片枝条，从被雨水浸湿的沙子中伸展出来。我走近这片枝条，透过细雨发现了栖息其中的雌雀，它正瞪着警惕的眼睛。沙子堆得高高的，离它的巢穴只有一英寸的距离了，遮蔽鸟窝的树叶在风中扭曲着，沾满了沙子，但是这只小雀儿却还栖息在那里，坚守着阵地。它抚养着一窝小鸟，那是它当之无愧的职责，在七月的某天，它们举家搬到了沙丘。

现在我必须得在秋季的笔记中多写上一段，描述一下最后一次见到夏季大群燕鸥的场景。那是一次让人难以忘怀的经历。八月，燕鸥慢慢离去，到了月底，更是有时一整天都见不到它们的身影。九月一日，我猜想大多数的燕鸥应该已经飞走了。然而，意想不到的一幕出现了。九月三日，礼拜六，朋友来海滩看望我，就在他们快走的时候，我打开水手舱的大门，发现沙丘上方的天空中满是雪白的年轻燕鸥。这天气候温和，傍晚玫瑰金色的霞光很是宜人，还有一小时太阳就要下山了，蓝天白云之上，在金色的霞光之中，数不清的鸟儿沿着沙丘向南飞过，像是树叶一般，飘浮着、旋转着，足有二十多分钟。

过了一会儿，鸟群消失了，迁徙回了南方和内陆。

这真是奇事一件。显然，某种从天而降的冲动占据了鸟群的胸膛，带领它们飞上了沙丘上方的天空。可是这种精神从何而来？这种意志又是源于何处呢？又是如何传递到成千上万个小胸膛之中的呢？燕鸥飞过的场景让我想起了蜂群。当然了，这是迁徙的冲动，但并不仅仅是这样。鸟群飞得很高，我从未见过燕鸥飞得如此之高，根据我的判断（或者说是猜想），鸟群中大多都是今年出生的幼鸟。这是属于幼鸟的狂喜和荣耀。这也是我最后一次见到燕鸥。

八月下旬，我每天都能看到更多的滨鸟。矶鹬和环颈鸟整个夏天都在海滩上出没，不过初夏时分，它们还是会时隐时现，有时一连好几天都看不到踪影。第一批从北部繁殖地回来的大型鸟群大概在七月中旬到达。我还记得当时的情况。一股强烈的西南风不知疲倦地整整刮了四天，狂风吹过潟湖，吹向烟雾缭绕的大海。第五天早晨，在太阳快要升起之前，风停了。接下来是无尽的沉闷和平静，然后，在九点到十点之间，吹来了一阵和煦的东风。第五天的整个下午，海滩上空黑压压的一片，天空中满是鸟儿，大多数都是环颈鸟和半蹼鹬。显然，一连几天的西南风延误了大批迁徙的鸟群。这第一批来客是一大群流浪的鸟。下午两三点我往瑙塞特警卫站走去，一路上至少惊起了两三千只鸟儿。当我走近时，鸟儿一群接着一群地飞起，又到前面去觅食了。秋季的鸟群规模较小，像是心灵感应般地同飞同落，一起在空中盘旋，又一起在地面休憩；这些鸟零零散散，分成不同的群体四处游荡。

八月下旬，我的那些野鸭子已经养育了一群孩子，成群结队地返回湿地了。在五月、六月以及七月上旬，我夜里在这里闲逛时，听不到平地上传来的任何声音。现在，当我在九点半出门，同第一班向南巡逻的警卫队队员打招呼时，能听到从黑暗的平原上传来警觉的嘎嘎声，是鸭子的叫声。湿地上再一次充满生机。太阳沿着绿色的树顶向南移动，荒原上进入了结果期，树叶渐渐变黄了。

　　在火红的春季和金黄的秋季，鸟儿们离群索居，寻找伴侣，而到了仲夏，它们开始群居生活。在春天如火般热情的催化下，整个鸟群的神经都骚动起来，因为鸟儿天生禁不住这种诱惑，它们蠢蠢欲动，忙着发泄被唤醒的欲望。即使是习惯群居的鸟也会单独行动。夏季到来后，由于要抚养幼鸟，鸟儿们重新组成了新的群体，又回到了群居生活。鸟群分分合合，这是天性使然，任何神秘的力量都无法阻止。

四

　　那天，我看见一个年轻人在海浪中游泳。我估计他约莫二十二岁，身高在六英尺左右，身形很好。他脱下衣服，皮肤已经晒成了褐色，想必他夏天刚来的时候，就开始游泳了。他赤裸着站在高高的海滩上，脚下踩着不断涌上岸的浪花，身体紧缩，准备找好时机，跃入水中。突然，他纵身一跃，弓着身子，一头扎进了巨浪之中。他一次次从海浪中探出头来，睁大被海水浸湿的双眼，甩了甩头，露出灿烂的笑容。这真是一幅赏心悦目的画面：天空中响彻着海浪的轰鸣声，强健又匀称的身体裸露在外，惊艳的空中跳跃，双臂伸展向前，腿和脚收缩在一起，双手放平，向前划水，结实的褐色肩膀有节奏地运动着。

看着这幅画面，那副健美的身躯在这一刻脱离了世俗的束缚，在自然的怀抱里尽情施展自己的人性，我情不自禁地思索人体的奥秘：当它保持美好之时，任何事物都无法与其丰盈、韵味十足的美相比；当身体日渐衰败，韶华不再时，它又会陷入何等悲戚的丑陋中。

可怜的肉体凡身，时间和岁月是教会你妙用衣着的第一任裁缝！尽管现在有人指责你太过暴露，但在我看来，你的美还展示得不够全面，不够频繁。在我的一生中，看到美好的躯体总能带给我快乐。欣赏充满美感的年轻男女激发了我对人性的崇敬之情（唉！能让我表达这种情感的体验已经不多了），我们对悲惨、又无所适从的人性充满崇敬之情，哪怕只是须臾一瞬，也叫人无比珍视。

　　我观察的那位游泳高手已经走了，出于好奇，我摘下了沙丘上一株黄花的顶枝，发现在扭曲的绿叶之中，在绿色的防护层底部，深秋时节，这种花已经露出了花骨朵儿。

第十章

沙丘上

升起的

猎户星座

八月临近尾声，月末的夜空星光闪耀，夜深人静，我一时兴起，想要在空旷的沙滩上，在漫天的繁星下入睡。

夏天的有些夜晚，黑夜和落潮会抚平宇宙的风，八月的这个夜晚，天空澄澈，充盈着这种虚无的宁静。在我房子的南边，沙滩陡峭的扇面和高原的峭壁之间形成了一个面朝大海的隐蔽山谷，我像水手一样将毯子披在肩上，向那个角落走去。星光下，山谷比无边孤寂的海滩要暗淡一些，地面上还留有白天的余热，温度宜人。

我好不容易才睡着，没过一会儿又醒了，在室外睡觉容易这样。上方看不清楚的崖壁散发出沙子宜人的气味，万籁俱寂，上面一丛丛的杂草像是在室内一样纹丝不动。过了几小时，我又醒了，感觉到空气中有了凉意，还模糊听到海浪涌上海滩的声音。天还没亮。我已经完全没了睡意，便穿上衣服，走上沙滩。

在璀璨夜空的东面，两颗明亮的大恒星正从聚集在大海和夜幕边缘的黑暗中缓缓升起，是猎户座的双肩——参宿四和参宿五。秋天已经来了，巨大的猎户星座又重新在白昼和年末的地平线上升起，它的腰带还隐匿在云层之中，双脚则隐蔽在浩瀚宇宙和远处的海浪中。

我在海滩上生活的一年已经圆满结束了，现在是时候关上房门了。我看着这些巨大的恒星，想起了上一次在春天观察它们的时候，那是在四月，星星挂在荒原西部的夜空中，在光线之中渐渐消失、沉沦。我看见它们一直挂在黑色十二月的巨浪之上，在远方闪耀着光芒。

现在，猎户星座再度升起，将夏天甩在身后，为秋姑娘开路。我已见证过太阳的仪式，也已体会过自然世界的基本原理。记忆涌入脑海。我看见在惨淡的月光下，狂风暴雨再一次侵袭了草地；我看见在蓝天白云之间，巨浪拍打在沙滩上；我看见在十月的天空中，天鹅在高飞；我看见在落日下，燕鸥近乎疯狂地飞过沙丘的壮观景象；我看见成群的滨鸟蜂拥而至，看见老鹰独自在天空中翱翔。

因为我已经对这个偏远的神秘世界有所了解，如愿以偿地在这里生活过，所以心中燃起了从未有过的崇敬和感激之情，将所有其他情感都一扫而空。宇宙和宁静在瞬间结合，超越了生命的存在。接着，时间像云朵一样聚集起来，此刻满天的繁星在依旧一片漆黑的大海上渐渐淡去，只留下了夜的记忆。

自从那个九月的早晨我来到海滩后，如今已经过去了一年，有人问我，度过了如此奇特的一年，我对于大自然又有怎样的理解呢？

我会这样回答：首要的理解是一种感觉，感觉创造从未止步，今天创新的力量和以往一样强大，而且明天会发展得像世界上任何事物一样气势磅礴。创造无所不在。人类就站在创造这场盛宴的门口，又同那无穷无尽、不可思议的体验休戚相关，他的每一瞥，都可能成为瞬间的启示，可能成为刺破充满争议的时光交响乐中一个孤独的音符。理解诗歌同理解科学一样重要。没有了欢乐，我们将无法生活，如果不能心存敬意，自然也是如此。

那么对于自然呢，你会说它是一架冷酷残忍、张牙舞爪的机器吗？其实，自然并不像你所想的那样，如同一架机器。至于"张牙舞爪"，每当我听到这个表达，或是类似的说法，就知道又有人在一知半解中读死书了。

大自然确实有冷酷无情的一面。但是，我们清楚这是在以人类的价值观做出的判断。期望大自然能苟同于人类的价值观，就好比期待自然能到你的家里做客，还坐在房里的椅子上一样。

大自然的经济体系，它的牵制和平衡，以及对生存竞争的调节，所有这一切都是大自然的伟大之处，有其永恒的道理。生活在大自然中，你很快就会发现，在所有没有人类生活的节奏中，并没有窝藏痛苦。

写到这里，我想起了宽阔沙滩上可爱的鸟儿，它们是那么的美，对生活充满了热情。即使内心惧怕，也要明白自然界中有我们意想不到、也从未意识到的仁慈。

不论你对人类的存在抱有什么样的态度，都须清楚，只有亲近自然才是正确的做法。人们常将生活比作舞台上一幕精彩的演出，而其实生活可能更像是一种仪式。尊严、美丽、诗意，这些古老的价值观支撑着人类的生活，它们全都来源于自然，产生于自然世界的神秘和美好之中。对大地不敬就是对人类精神的亵渎。伸出双手，抚摸大地，就如同抚摸爱人一般。对那些热爱自然，对大地敞开心扉的人而言，是它给予了他们力量，以黑土地原始生命的勃勃生机来供养他们。

触摸大地，热爱大地，尊重大地——平原、山谷、丘陵和海洋，让灵魂在隐蔽的处所休憩。生命中的礼物都来自大地，由全人类共享。破晓时分鸟儿的歌声，天空中的猎户和小熊星座，以及海滩上欣赏到的海的黄昏，这些都是大自然赠予我们的礼物。

图书在版编目（CIP）数据

遥远的小屋／〔美〕亨利·贝斯顿著；刘勇军译
. -- 海口：南海出版公司，2020.10
ISBN 978-7-5442-8558-2

Ⅰ.①遥… Ⅱ.①亨… ②刘… Ⅲ.①散文集 - 美国
- 现代 Ⅳ.① I712.65

中国版本图书馆 CIP 数据核字（2020）第 145610 号

遥远的小屋

〔美〕亨利·贝斯顿　著
刘勇军　译

出　　版　南海出版公司　　（0898）66568511
　　　　　海口市海秀中路51号星华大厦五楼　邮编 570206
发　　行　新经典发行有限公司
　　　　　电话（010）68423599　邮箱 editor@readinglife.com
经　　销　新华书店

策　　划　好读文化
责任编辑　李玉珍
封面设计　李照祥
内文制作　所以设计馆

印　　刷　北京盛通印刷股份有限公司
开　　本　850毫米×1168毫米　1/32
印　　张　7.5
字　　数　110千字
版　　次　2020年10月第1版
印　　次　2020年10月第1次印刷
书　　号　ISBN 978-7-5442-8558-2
定　　价　55.00元